마음이 아픈 날엔
서점에 간다

마음이 아픈 날엔 서점에 간다

초 판 1쇄 2018년 11월 15일

지은이 정명
펴낸이 류종렬

펴낸곳 미다스북스
총   괄 명상완
에디터 이다경

등록 2001년 3월 21일 제2001-000040호
주소 서울시 마포구 양화로 133 서교타워 711호
전화 02) 322-7802~3
팩스 02) 6007-1845
블로그 http://blog.naver.com/midasbooks
전자주소 midasbooks@hanmail.net
페이스북 https://www.facebook.com/midasbooks425

© 정명, 미다스북스 2018, *Printed in Korea*.

ISBN 978-89-6637-622-3 03810

값 15,000원

마음이 아픈 날엔 서점에 간다

"있잖아, 너의 위로가 내게 힘이 되었어."

미다스북스

독서는 '치유와 회복'을 찾아 떠나는 여행

뜨거운 카푸치노를 손에 들고 KTX에 몸을 실었다. 열차는 전속력을 다해 나를 목적지에 데려다줄 것이다. 성큼 다가선 겨울의 입구에서 이맘때쯤이면 아버지 산소를 찾는다. 강변을 홀로 걸으며 들녘에 먹이를 찾기 위해 날아든 새들과 이름 모를 풀꽃들 그리고 아버지를 만나고 오면 하루 동안 마음이 충만해져 삶에 용기를 낼 수 있을 것 같다.

결혼 20년 차에 접어들면서 내 스스로에게 질문하는 것들이 많아지고 있다. 삶의 목적과 욕망 사이에서 나아가야 할 방향이 무엇인지 정체성이 혼란스럽다. 누군가 대신해줄 수 없어서 더 열심히 살아야 할 삶은 수시로 흔들려 나를 어지럽힌다. 삶은 너무나 소중하기에 삶이 다하는 순간까지 어금니를 깨물어야 한다. 그것이 삶에 대한 예의다.

작가 토니 모리슨은 말했다.

"정말 읽고 싶지만 아직 출간 되지 않은 책이 있다면 당신이 직접 써야 한다."

이 책은 삶의 여정에서 '독서'를 만나 내면의 아픔을 치유해가는 과정을 담담이 풀어쓴 이야기이다. 또한 결혼 20년 차에 접어들면서 제도 속에서 느끼는 결혼에 대한 나의 단상을 곳곳에 곁들였다. 꿈을 찾아서 마음을 회복하기까지 내면에서 들려오는 소리를 찾아 탐험했다. 우리는 누구나 누리고 싶고 원하는 삶이 있다. 누군가의 엄마이고 아내이고 직장인이고 전업맘일지라도 찾아가고 싶은 인생의 부름이 있을 것이다. 집이라는 익숙한 장소는 내게 늘 인내를 요구하지만 결혼은 남녀관계의 역할을 떠나 '함께 한다'는 사실에 초점이 맞춰져야 할 것이다.

우리는 살다보면 한번은 느닷없는 위기에 직면한다. 운이 좋으면 피해갈 수 있는 일들이 누군가에겐 상처가 되고 누군가에겐 성장이 되어 돌아온다. 개인마다 차이는 있겠지만 내면을 찾아 떠나는 여행은 과감한 용기를 필요로 하거나 서툴러도 괜찮다고 말해주고 싶다. 대신 나를 부드럽게 응시할 수 있는 따뜻한 눈이면 충분하다고 덧붙인다.

사십대 중반에 대기업 경험을 거치면서 일과 가정 사이의 조화를 위해 욕심을 부렸다. 하지만 지금껏 살아온 시간 중 그토록 심한 탈진은 처음이었는데 온몸이 불타올라 소진되는 특별한 경험이었다. 절박함 앞에서 나는 새로운 모험을 시작했다. 그것은 다름 아닌 '독서'였다. 틈틈이 독서를 시작하면서 재가 돼버린 자존감에 불씨를 살렸다. 하지만 이내 꺼져버리고 말았다.

　그렇게 반복하기를 몇 해 거듭하면서 내 안의 불꽃을 서서히 살렸다. 그것은 미약하나마 더 이상 미룰 수 없는 '잃어버린 꿈'이었다. 우리는 수많은 관계 속에서 살아간다. 누군가의 아내이고 엄마고 누군가의 딸이다. 누군가의 이웃이고 동료이다. 하지만 어깨에 매달린 수많은 이름이 '내'가 될 수는 없다. '누군가'의 이름으로 살기엔 우리 인생은 짧다. 우리는 밖에서 들려오는 소리 대신 내면의 목소리에 귀를 기울여야 한다. 그것이 삶에 대한 대접이고 예의며 존중이다.

　반평생 넘은 삶을 살아오면서 내가 저지른 실수를 꼽으라면 나의 희생이 누군가를 행복하게 해줄 수 있다는 착각이었다. 하지만 희생은 행복이 될 수 없다는 사실을 깨닫게 되었다. 비혼이든 미혼이든 결혼을 했든 하지 않았든 인생은 '혼자'다. 수수께끼 같은 이러한 사실은 영원히 지속될 것이다.

책은 총 4장으로 구성되었다. 중간에 마음이 힘들 때 위로가 되어준 문장과 시들은 틈틈이 독서를 하면서 수첩에 옮겨둔 글들을 담았다. 책은 거짓말 같은 인생을 꿈꾸게 한다. 자유로운 상상력에 날개를 달고 어디든 갈 수 있다. 글을 쓰면서 내 무의식의 깊은 곳에선 여전히 나를 바라보는 대상 J에게 보답하고 싶은 간절한 마음이 있다. 목적지를 벗어나면서 깨달았다.

그것은 '내가 되고 싶은 나', '나답게 살아야 할 나', 소중한 인생을 더 이상 뒤로 미루어선 안 된다는 깨달음이었다.

2018년 11월

정명

그 순간 몸이 바닥으로 꼬꾸라졌다. 천장이 구름처럼 뭉게뭉게 피어 있다. 허공으로 부웅 뜬 몸이 소리치고 있었다.

'누가 나 좀 일으켜 세워줘. 제발.'

나는 무섭고 두려워 소파 가죽을 긴 손가락으로 긁었다.
눈을 떠보니 병원이었다.

정　명: 소파에 누워만 있고 싶어요. 아무 의욕이 없고 무기력합니다. 몸과 마음에 진이 빠지는 느낌이랄까요. 게다가 어찌된 일인지 걷잡을 수 없는 분노가 치밀어 오릅니다.

선생님: 번아웃 증후군입니다. 탈진이 심하게 왔네요. 당분간 휴식을 취하며 몸과 마음을 보호해주세요. 일도 좀 줄이시는 게 좋겠어요. 저녁에 잠을 못 주무시니 잠잘 수 있는 약을 넣었어요. 며칠 경과 지켜보고 다시 오세요.

처방 받아온 약이 식탁 위에 놓여 있다. 나는 소파에 누워 한동안 그 약봉지를 바라보았다. 알 수 없는 감정이 흩어졌다. 마음 안에 있는 어떤 서러움이 밀려왔다. 애써 살아온 대가가 고작 '번아웃 증후군'인가. 열심히 살아온 죄 밖에 없는데 심각한 탈진이라니!

잘 살아왔다고 어깨를 두드려 주는 사람 하나 없이 나는 지금 혼자다. 그 순간 피식 웃음이 나왔다. 나는 벌떡 일어나 식탁 위의 약봉지를 쓰레기통에 던져버렸다. 그리고 현관 앞으로 걸어나가 신발을 신는다.

마음이 아프면 서점에 간다.

Contents ——————————————————————————————————

1
어제, 어디로 가는지도 모른 채

2
오늘, 오래된 나를 버리기로 하다

3
책, 그들이 내게 주는 위로

4
내일, 다시 시작할 용기를 얻는 하루

1

어제,

어디로
가는지도
모른 채

chapter 01

책 한 권 사면서 벌벌 떠는 여자

여자는 만들어간다

시몬느 드 보부아르^{프랑스의 철학자}는 이렇게 말했다.

"여성은 태어나는 것이 아니라 만들어진다."

하지만 나는 이 말을 감히 이렇게 바꿔보고 싶다.

"여성은 만들어지는 게 아니라 만들어간다."

결혼 20년 차에 접어들면서 혼란스러운 한 가지를 들라면 나는 아직도 만들어지지 않았다는 것이다. '만들어진다'와 '만들어간다'는 비슷해 보이는 단어지만 확연한 차이가 그 속에 내포되어 있다. '만들어진다'는 노력이나 기술로 변하게 되는 것이지만, '만들어간다'를 사전에서 찾아보면 '목적하는 것을 이루어내다', 즉 '이루다'의 뜻이 강하다.

여자의 인생을 360도 변화시키는 결혼이란 내게 삶의 완성을 주기는커녕 결혼을 시작한 그 순간부터 지금까지 고통을 주었다. 여자의 인생은 결혼을 통해 완성된다는 말은 모순덩어리에 불과하다. 삶에 어떻게 완성이 있단 말인가. 그 어떤 삶을 살아도 삶은 완성될 수 없다. 불완전한, 미완성의 상태다.

결혼 생활은 리허설 한번 하지 않고 막 무대에 오른 오페라 배우 두 명이 각자의 역할을 소화해내느라 진땀 빼는 무대다. 그 위에서 여자를 '만들어간다.' 시댁과 친정이라는 무대 위에서 각자가 부합하는 역할을 한다. 어설픈 배우는 좋은 관객을 만나면 한두 번쯤의 실수는 묵인받을 수 있다. 하지만 한순간에 나쁜 사람이 될 수도 있다. 결혼 생활이란 동전의 양면을 뒤집어볼 테니 맞추어보라는 게임처럼 요술을 부린다.

아침에 눈을 뜨자 남편이라는 사람이 곁에 있었다. 오랜 시간 동안 혼자였던 탓에 옆에 누군가 잠을 자고 있다는 것이 꿈만 같아 내 살을 꼬집어보았다. 현실이었다. 두 아이가 태어나고 나는 익숙지 않은 이름, '엄마'가 되었다. 아이가 나를 엄마라고 불렀을 때 감동이 파도처럼 밀려왔지만 이내 두려움이 엄습했다.

더 복잡하게 얽힌 오페라 무대 위에서 나는 그렇게 두 아이의 엄마가 되었다. 가끔 심술궂은 관객은 나를 궁지로 몰아넣는다. 잘하나 못하나 이리저리 살피며 '뭐, 꼬투리 하나 잡을 데 없나'! 집착한다. 해야 할 일들은 산더미같다. 얼굴 한번 본 적 없는 시조부모 제사상에 탕을 끓여내야 하고 손님도 맞이해야 한다. 마루 끝에 앉아서 엄마가 했던 말이 문득 떠오른다. '여자는 약하지만 엄마는 강하단다.' 하지만 살아보니 엄마는 강한 게 아니었다. 강한 척 했을 뿐.

결혼 20년간 맞벌이일 때도 있었고 외벌이일 때도 있었다. 평범한 회사원인 남편과 살면서 가끔 결혼 전이 그리워 돌아가고 싶은 때도 많았다. 특히 남편이 내 마음을 몰라줄 때, 내 마음을 외면할 때, 사방팔방으로 내 역할이 넘쳐날 때 그랬다. 결혼이 잘못되어서 그런 게 아니다. 결혼을 후회해서 그런 건 더더욱 아니다. 내 안에선 끊임없이 자유롭고 싶은 마음이 고개를 들었다.

단지 책임에서 회피하거나 의무에 소홀해지기 위해 그런 것은 아닐 것이다. 인간이 돌아가고 싶어하는 상태는 어쩌면 태초의 자유로움이 아닐까 생각한다. 남편은 하루가 다르게 변해가는데 나는 여전히 제자리걸음이다. 남편 말을 잘 듣고 아이들 요구를 끊임없이 들어주면서 나는 오늘도 강한 척한다.

'자기 계발'에 열을 올리는 남편과 다르게 내 '자기 계발'은 너무 먼 이야기인 것 같다. 한때는 월급의 일부를 떼어 나를 위해 투자하던 때가 있었다. 여느 직장인들처럼 몇 권의 책을 사고, 영화를 보고, 갤러리에서 그림을 감상했다. 월급의 10%는 나를 위한 선물이었다. 삼겹살 파티가 끝나기도 전에 손가락 사이에서 월급이 모래알같이 빠져 나간다. 내게 자기 계발은 사치일까? 나는 왜 이렇게 '만들어가고' 있는 걸까? 공항을 빠져 나가는 남편의 뒷모습에선 행복한 세상으로 향하는 문이 활짝 열려 있는데 내 인생의 폭은 점점 좁아지고 있다.

결혼 후 여자들은 달라진다. 360도 변한다. 자기 계발은 고사하고 자신을 위한 돈을 쓸 때조차 죄책감을 달고 산다. 누구도 강요하지 않은 감정으로 마음을 허비하느라 자기 계발을 미룬다. 이번 달 나가야 할 공과금과 아이들 학원비 걱정을 하며 다음 달 치러낼 시댁 행사표를 점검하지만 매대에 올려진 책 한 권은 뒤로 미룬다. 그렇게 여자를 '만들어간다'.

우리는 우리 자신이 죽을 때까지 죽은 자를 이고 갈 뿐이다. 그런 다음에는 누군가가 우리를 잠시 이고 가고, 그런 다음에는 또 누군가가 우리를 이고 갔던 자들을 이고 가고, 이렇게 상상할 수 없을 정도의 먼 세대들로 이어져 간다.

나는 애나를 기억하고, 우리 딸 클레어는 애나를 기억하고 나를 기억할 것이며, 그 뒤에는 클레어도 사라질 것이고, 클레어를 기억하지만 우리는 기억하지 못하는 사람들이 생겨날 것이다.

그것으로 우리는 최종적으로 소멸한다. 물론 우리 가운데 어떤 것은 남을 것이다. 바랜 사진, 머리카락 한 타래, 지문 몇 개, 우리가 마지막 숨을 쉰 방의 공기에 들어 있던 원자 몇 개, 그러나 이 가운데 어느 것도 우리, 지금 우리이고 전에 우리였던 것은 아닐 것이다. 다만 죽은 자의 먼지일 뿐이다.

－ 존 밴빌, 『바다』 중에서

*

사랑했던 사람이 사라지고, 남은 건 먼지 낀 안경뿐이었다.

생은 소멸하고 사라지고 사라진 것을 기억하고 더듬을 뿐이다.

chapter 02

주부 연봉이 1,400만 원이라니

챙이 긴 빨간 모자와 원피스를 살 거야

가족은 내게 끊임없이 친절한 엄마가 되어줄 것을 요구한다. 나도 늙어가는데 남편과 아이들만 모르는 것 같다. 나는 무쇠 철인이 아니다. 힘든 날 눕고 싶고 힘든 날 밥이라도 한 끼 대접받고 싶다. 평생토록 해온 그 일이 왜 내가 아플 땐 대단한 선심이 되어 돌아오는지 난 이해할 수 없다. 20년간 그들의 입맛에 맞춰진 로봇처럼 살아왔는데 세상에 이처럼 불합리한 투자가 어디에 있을까?

소파 맞은편에서 남편이 스마트폰을 들여다보고 있다.

"있잖아, 당신 내 연봉을 계산해주었으면 좋겠어. 주부 1년 연봉 1,400만 원쯤 된다니까, 20년 계산해보니 2억 8천 정도 나오네. 그거 다 정산해줘."

나는 방문을 닫고 들어갔다. 남편 얼굴은 보지 않아도 훤하다. 어안이 벙벙한 표정으로 쌕쌕거리며 '그렇게 큰돈이야?' 속으로 계산해볼 것이다.

그 돈이 들어온다면 챙이 긴 빨간 모자와 원피스를 살 거야. 혼자만의 크루즈 여행을 떠나거나 마음먹고 그림을 배워야지. 어쩐지 상상만 해도 즐거움이 샘솟는다.

아이들을 키우면서 언젠가부터 배우고 싶은 취미는 하나둘씩 사라져버렸다. 여행을 떠나고 싶어도 어쩐지 가족의 양해를 구해야 할 것 같고 허락을 받아야 할 것 같은 기분에 사로잡힌다. 아주 오래전부터 스스로 길들여버린 습관이다. '꼭 한번 배워봐야지!' 하고 마음먹다가도 자질구레하게 일어나는 일들이 몰려오면 포기해버린다. 하지만 이제 슬금슬금 배우고 싶은 욕망이 일어난다. 지금 하지 않으면 도대체 언제 한단 말인가? 할머니가 되어서, 죽기 전에? 그것도 아니라면 영원히 못할 수도 있다.

오랜만에 만난 친구가 말했다.

"너 주부의 1년 연봉이 얼마인지 알아?"

"글쎄, 한 2천 되지 않을까?"

"주부 1년 연봉이 1,400만 원 정도 되나봐!"

나는 하마터면 소리를 지를 뻔했다. 수천 년 전부터 이어져온 결혼이란 제도 속에서 긴장과 헌신으로 살아온 주부의 가치가 그 정도밖에 안되다니!

하루 종일 일해도 특별히 눈에 띄는 것도 없으니 인정받기 힘들지만 주부의 일은 중노동이다. 그렇다면 면밀히 따져 주부의 연봉은 족히 2천 이상은 되어야 하지 않을까? 연봉까지는 그렇다 치더라도 도저히 참을 수 없는 건 주부가 노는 사람쯤으로 보이는 애매한 경계선이다. 그렇게 바라보는 이들에게 나는 이렇게 말하고 싶다.

"네가 한번 해봐! 해보면 답이 나올테니…."

이 모호함은 노동의 가치를 인정받지 못한다는 억울함이 된다. 재능이 있고 학력도 높지만 임신과 출산으로 가정으로 돌아와 경력 단절을 거치는 엄마들을 수없이 보았다. 그녀들은 자신의 욕심이 아니라 아이를 위해 자신의 모든 것을 내놓는다. 좋은 회사에 취직해도 어린아이를 맡길 곳이 없어 부득이하게 회사를 그만두는 경우도 다반사다. 상황이 이런데도 주부를 노는 사람으로 보는 애매한 시선이라니, 불합리하다.

아이가 태어나면서 아이를 키우는 데 남편이 좋은 역할을 해주리라 믿어 의심치 않았다. 적어도 두 아이를 먹이고, 씻기고, 입히고 하는 그 모든 행위들을 남편도 어느 정도는 거들어주리라 믿었다. 하지만 내 남편을 포함해 아무런 준비나 학습도 없는 남편들이 아직도 비협조적인 것 같아 안타깝다.

육아는 모두 엄마의 몫이라는 생각은 아빠에게도 결코 바람직하지 못하다. 또한 아이를 위해서 하는 일을 마치 아내를 위해서 해준다고 여기는 것은 한번쯤 생각해보아야 할 문제이다. 아이는 부부의 결실이다. 서로 힘을 합쳐 좋은 아이로 키워내야 할 의무와 책임이 있다. 사실 요즘같은 척박한 세상에서는 부부가 힘을 합쳐도 아이 하나 제대로 키우기 힘들다.

그런 주부 연봉을 돈으로 환산한 금액이 1,400만 원이라니, 아마 엄마들은 고개를 갸우뚱거릴 것이다. 20년 내 연봉을 고스란히 받는다면 혼자만의 여행을 떠나볼까 생각한다. 살면서 한 번도 떠나본 적은 없지만 나는 매일 여행 갈 채비를 서두른다. 그때 꼭 빨간 모자를 챙길 것이다. 한번쯤 내 맘대로 원 없이 돌아다녀 보고 싶다. 유화 물감을 사서 여행 중에 그림도 그려보고 싶다. 아마 모르긴 몰라도 멋진 작품이 탄생할 것이다.

내 연봉을 타협해야 할 사람은 바로 '나'다. 어느 정도 아이를 키운 엄마라면 지금쯤 자신의 연봉을 계산기로 두드려보라. 우리가 독서를 해야 하는 이유 중 하나는 무엇보다 내 가치에 대한 도전이다.

자기 계발은 내 잠재적인 가치를 끌어내 도전하기 위한 발판이다.
토마스 홉스영국의 철학자는 이렇게 말했다.
"욕구란 성취에 대한 생각이 함께 할 때 희망이라 불린다. 같은 욕구에 이러한 생각이 없다면 이는 절망이다."

시작이 반이다. 일단 읽겠다고 결심하라.

그땐 아무 말 없이 보내놓고
지금 와서 왜 애타게 그리워하는지
그 이유를 묻지 말라.

그걸 나도 모르겠으니,
그래서 더 괴롭고 괴롭나니.
– 이정하, 『혼자 사랑한다는 것은』 중에서

*

이 사람이 아니면 죽을 것 같은 사랑도
시간이 쌓이면 '보통의 사랑'이 된다.
이 사람이 아니면 죽을 것 같은 이별도
시간이 쌓이면 '보통의 이별'이 된다.

chapter 03
마음이 아프면 서점에 간다

리허설 없는 오페라 무대의 여인들

결혼 20년 차에 접어든 친구들이 하나둘씩 여행을 떠난다. 결혼 안식년을 선언하고 짐을 싼다는 연락을 받으면 누구보다 서로를 축하했다.

결혼 초 가방을 싸 친정으로 숨던 민희는 늘 종지부를 찍을 것처럼 호들갑을 떨더니 잘 참았다. 사연 없는 결혼 생활이 있을까. 잘 견뎌왔다는 것만으로 서로를 축하하기에 충분하다. 우리들의 결혼 생활은 리허설 한번 하지 않고 무대에 오른 오페라 배우들 같았다. 아이들을 키우고, 남편을 내조하고, 시부모님을 살갑게 대하는 모든 것들이 난생 처음이어서 잘하려고 할수록 실수가 잦았다. 하지만 지금 우리는 서로가 서로를 기념한다.

결혼해 처음 살았던 지방, 그때 만난 사람들, 첫 아이가 다니던 초등학교, 그때 만난 선생님…. 기억을 거슬러 올라가 웨딩 부케, 하얀 순백의 드레스, 결혼식 날, 그때 모인 사람들, 그때 한 약속, 처음 만나던 날….

이런 것이 기념일이라면 내가 선택한 삶은 모두 기념해야 할 날들이었다. 마음속에 기념일을 간직한다는 것은 프랑스 자수에 장미꽃을 수놓는 것처럼 비밀스러운 일이다. 리허설 없이 시작한 결혼도 기념일이듯이 그 전에 만났던 사람과 기억들 또한 나에겐 기념일일 것이다.

앞만 보고 달려가는 인생에 브레이크가 걸린다면 기념일을 기억할 수 있을까. 살면서 한번도 생각해보지 않은 것들에 대한 추억을 재생시켜 소환할 수 있다면 다른 한 쪽에선 놀라운 일이 생긴다. 그것은 지난 시간과 나의 조우다.

나는 매년 6월 6일을 기념한다. 사람을 기념하는 게 아니라 그 날을 기념한다. 장미꽃이 만발할 때, 내게 와준 친구였다. 그때 몹시 힘들었던 걸로 기억하는데 나를 참 행복하게 해주던 친구였다. 이런 것도 기념할 수 있을까. 나는 친구가 보내주던 미소와 따뜻했던 마음을 30년이 흐른 지금도 기억한다.

괴테는 말한다.

"결혼 생활은 모든 문화의 시작이며 정상이다. 그것은 난폭한 자를 온화하게 하고, 교양이 높은 사람에게 있어서 그 온정을 증명하는 최상의 기회이다."

살다 보면 우리의 마음을 침범하는 침입자는 가까운 배우자나 가족, 형제나 동료일 것이다. 그것도 아니라면 이득을 보기 위한 시댁이나 처가일 것이다. 그들은 호시탐탐 내게 착한 사람이 되어줄 것을 요구한다. 수시로 들이닥쳐 마음을 혼란시키고 조금이라도 틈을 보이면 책임을 다해줄 것을 요구한다. 마음이 아프면 서점에 간다. 그곳으로 들어가 타인의 목소리가 아닌 내 목소리를 듣는다.

-아픈 마음을 달래줄 작은 팁

첫째, 한 달에 한 권 자신에게 책을 선물하자.
가장 마음이 가는 책 한 권을 고른다. 자신을 위한 선물에 익숙하지 않다면 습관을 들여보는 것도 좋다. 누군가를 위해서가 아니라 '나'를 위해서 선물을 함으로써 아픈 마음을 달랜다.

둘째, 산책한다.

1주일에 서너 번만이라도 아니 시간을 낼 수 있다면 자주 산책하자. 몸과 마음을 다스리는 데 산책만큼 좋은 것은 없다. 천천히 걸으면서 주변의 풍경을 마음속으로 들여온다. 그렇게 걸으면 알 수 있을 것이다. 내게 가장 소홀한 사람은 바로 나였다는 것을.

셋째, 자신을 위해 돈을 쓰자.

여자들은 돈을 쓸 때 죄책감을 갖는다. 한강 물에 버려도 좋을 죄책감이다. 과한 낭비가 아니라면 자신을 위해 무언가 돈을 써보라. 머리핀이나 모자, 구두, 커피를 마실 수 있는 큰 머그컵 등은 마음을 달래주기에 충분하다.

책이 내게 건넨 위로 한 줄

인간은 태어나서 세 번 울어야 한다고 주장하는 사람들이 있다.
하지만 횟수를 정해 놓고 우는 것은 뻐꾹 시계다.
가슴이 메마르면 눈물도 메마른다.
모름지기 인간이라면 타인의 아픔에도 눈물을 흘릴 수 있는
가슴을 간직하고 있어야 한다.
─이외수, 『하악 하악』 중에서

*

자신의 눈물은 그토록 잘 들여다보면서 타인의 눈물엔
세련된 방식으로 포장하는 사람들.
가슴이 바삭바삭 말라버린 인간을 보면
국밥이라도 한 끼 사주고 싶다.

chapter 04

느닷없이 힘든 시절

내 삶의 터닝 포인트

누구에게나 느닷없이 힘든 시절이 찾아온다. 건강하신 부모님이 아프거나, 부부가 사별하거나, 갑자기 실직을 당하거나, 일을 그만두거나 하는 경우가 그렇다.

40대 중반에 운 좋게 대기업에 취직한 나는 있는 힘껏 살아왔다. 일과 가정 사이의 균형을 위해 내 한몸을 던졌다. 그것이 아이의 엄마로서 삶에 대한 최선이자 책임이라고 생각했다. 어느 날 소파에 누워있는데 몸이 붕 뜨는가 싶더니 의식을 잃고 말았다.

깨어나 보니 병원이었고 의사 선생님은 내게 '번아웃 증후군'이란 병명을 말했다. 마음이 무기력했고 일에 대한 흥미가 사라졌으며 무엇보다 그토록 심한 탈진의 경험은 처음이었다. 외부적인 상황보다 내 안에서 일어나는 목소리에 귀를 기울였다. 뜻밖에 내 안에선 이런 목소리가 들려왔다.

"내 몸의 주인님, 나를 좀 돌봐주세요."

그때야 알게 되었다. 몸이 아프다고 아우성쳐도 눈 하나 깜짝하지 않고 소처럼 부려먹은 주인장은 아주 이기적인 나라는 사실을. 느닷없이 닥치는 위기 앞에서 삶의 우선순위는 재배열된다. 탈진하고 난 뒤에야 내 삶의 우선순위도 바뀌었다. 전엔 다섯 번째 항목에 건강이 있었다면 지금은 첫째가 건강이다.

삶의 우선순위를 재배열하고 나면 일상을 바라보는 눈이 달라진다. 그리고 무엇이 소중한지 알 수 있다. 몸이 들려주는 소리를 외면하기 일쑤인 우리들은 가족과 아이들부터 챙긴다. 하지만 그것만이 전부가 아니란 사실을 알게 되엇다. 더듬어보니 나 역시 남편과 아이들의 영양제만 챙기고 살았다. 그렇다고 나 대신 영양제를 챙겨줄 리 없건만 늘 나보다 가족이 우선순위였다.

조이스 메이나드미국의 작가는 말했다.

"좋은 집이란 사는 것이 아니라 만들어지는 것이어야 한다."

틈새를 비집고 집으로 들어온 독서는 내가 달라질 수 있는 영양제이다. 정신과 영혼에 해독제로 작용한다. 파라마한사 요가난다_{인도의 요가 수행자}의 책, 『영혼의 자서전』은 자유와 행복으로 나아가게 하는 책으로 꼭 한번 읽어볼 것을 권한다. 그 속에 담겨진 수많은 지혜를 통해 영적인 세계를 따라가 보는 독서는 삶에 대한 진지한 물음을 제시한다. 이 책을 통해 내 인생의 터닝 포인트가 시작되었다.

김형경 작가의 『좋은 이별』 역시 애도 에세이로 무척 깊이 있고 묵직하게 읽은 책이었다. 떠난 것들이 더 이상 돌아오지 않는 것, 그것을 인정하고 받아들이는 것은 슬픔의 무게가 있지만 우리 삶이 떠남의 연속이라는 사실 앞에 한번쯤 읽어도 좋을 책이다.

"가장 중요한 일은 떠난 사람이 더 이상 존재하지 않는다는 사실을 받아들이는 일이다. 상대의 마음을 되돌리기 위해 충분히 노력했다면 실연당했다는 사실도 냉정하게 받아들인다. 실연은 하나의 관계가 끝난 것일 뿐, 존재 전체가 거절당하는 일이 아니다. 죽은 부모가 소가 되어 돌아왔다고 잠시 믿더라도 그것조차 떠나보내야 한다는 사실을 명심한다."

—김형경, 『좋은 이별』 중에서

우리의 인생은 펄쩍뛰고 싶은 날들의 연속이다. 가난한 시절에도 그랬고 살만한 지금도 마찬가지다. 어쩌면 삶에 첫발을 들여놓았을 때부터 그랬을지 모른다. 몸과 마음의 주인으로서 시련과 마주할 때 인생에 터닝 포인트는 시작된다.

힘들 때 읽은 책은 오래간다. 힘들 때 해주었던 말이 누군가의 가슴에 꽃으로 피어나듯이 책도 그렇다.

살고 싶어서
가만히 울어 본 사람은 안다
······
상처의 몸속에서는 날마다
내 몸에서 풀려난 그리움처럼 눈이 내리고
꽃 따위로는 피지 않을
검고 단단한 세월이 바위처럼 굳어
살아가고 있지
– 이승희, 「상처라는 말」 중에서

*

때로 상처는 힘이 된다.
대적할 수 없는 것을, 대적할 수 있게 한다.

chapter 05

책 권하는 사회

너 자신을 존중할 기회

큰 아이는 학과를 결정하면서 갈팡질팡했다. 1학년 때는 유아교육과에 들어가 어린아이들을 지도하는 유치원 선생님이 되겠다더니 갑자기 마음을 바꿔 경영학과로 가겠단다. 아이의 성향을 보면 아이들을 좋아하니 유치원 선생님이 제격일 듯하지만 엄마라는 이유로 내 마음대로 할 수는 없다.

나는 자신의 삶을 자기 색깔로 칠하는 아이가 자랑스럽다. 그리고 스스로 결정하며 헤쳐나가는 모습이 대견하다. 아이의 인생에 대해 충고해줄 수는 있지만 대신 살아줄 수는 없기에 그런 모습이 마냥 예쁘다. 인생에서 중요한 것은 '자유 의지'인 것 같다. 스스로 결정권을 쥐고 책임지고 원하는 것을 찾아갈 수 있을 때 삶은 피어난다.

권리를 행사할 수 있고 내 권리를 찾을 수 있는 점은 인간의 특권이다. 사람이 살면서 자유 의지를 발휘할 수 없다면 그것은 죽은 목숨이나 다름없다고 생각한다. 내 인생을 다른 사람의 손에 맡기면서 남편이나 자식이 알아서 해주리라 믿는 것은 위험할 수 있다.

실버 크리에이터로 활동하는 박막례 할머니나 여용기 할아버지를 보면 더더욱 그런 생각이 든다. 유튜브에서 50만 명의 구독자를 보유한 박막례 할머니는 적지 않은 연세에도 자신을 존중하며 살고 있다. 여행, 뷰티, 요리, 메이크업 등 자신만의 특별한 강점으로 다양한 분야를 넘나들며 사람들을 열광시킨다. 통통 튀는 그녀의 센스는 나이를 가늠하기 힘들다.

손수 지은 양복을 입고 모델이 되어 자신만의 패션을 자랑하는 여용기 할아버지는 한국의 닉 우스터로 불리고 있다. 그들의 지칠 줄 모르는 열정은 아마도 자신을 존중한 결과물이 아닐까 생각한다.

"네겐 너 자신을 존중할 기회가 얼마 남아 있지 않다. 인간의 생애는 짧다. 네가 너 자신을 존중하지 않고 너의 행복을 다른 사람들의 영혼에 내맡기고 있는 동안, 너의 생애는 끝나버리고 말 것이다. 인간의 일생은 그 사람이 생각한 대로 된다."

– 마르쿠스 아우렐리우스, 『명상록』 중에서

나는 최악의 상황에서 책을 만났다. 그리고 터널을 통과했다. 우리는 빨간 신호등뿐만 아니라 초록 신호등도 잘 살펴야 한다. 내 의지대로 걸어가는 길에 나를 해치는 일은 없어야 한다. 삶의 결정권은 내가 나를 존중할 때 수용되는 나의 특권이라는 점을 명심하라.

사람마다 인생은 제각각이어서 각자의 방식대로 살아가지만 '자유의지와 결정권'은 남이 해줄 수 없는 존엄의 영역이다. 나는 직업에 귀천이 없다고 생각한다. 남에게 해를 끼치는 일만 아니라면 그어떤 직업이라도 아름답고 숭고하다. 스스로 선택했고 스스로 결정한 직업이라면 의미는 크고 남다를 것이다.

생각해보면 나 역시 몇 번의 직업을 거쳤다. 학교 졸업 후 백조 생활을 잠시 하다가 중소기업에서 몇 년 일했고 아이들 독서지도를 몇 년 했고 대기업의 업무를 거쳤다. 누가 등 떠밀어서 한 일이 아니었다. 모두 내가 원해서 스스로 결정한 일들이었다. '이 나이에 책을 읽어서 뭐 할까?'라는 생각이 들 수도 있겠다.

독서를 한다는 것은 인내를 필요로 하는 어려운 작업이다. 자신을 존중한다는 것은 자신을 받아들인다는 것이다. 스스로 선택하고 결정한다면 분명 다른 풍경이 펼쳐질 것이다. 나는 독서를 하면서 달라졌고 앞으로도 달라질 것으로 기대한다.

많이 늦었지만 용기를 내며 살아갈 것이다. 남의 시선이나 목소리 남의 비난에 마음 쓰지 않을 작정이다. 나만의 색깔로 원하는 삶을 만들어갈 것이다. 그리고 누구보다 나를 기쁘게 하며 살 것이다. 왜 나하면 그것이 나를 존중하고 존중할 수 있는 기회이며 생이 부여한 선물이니까….

책이 내게 건넨 위로 한 줄

만약 영원히 헤어진다고 해도
가슴을 아리게 만드는 사람이 없다면
그대는 잘못 산 것이다.

사랑하지 못하고 사랑 받지 못하며 산 것이다.
지금부터라도 사랑하는 사람을 찾아야 하고,
사랑 받을 준비를 해야 한다.
− 유시민, 『어떻게 살 것인가』 중에서

*

세상에서 가장 행복한 사람은
'사랑을 줄 줄 알고 받을 줄 아는 사람'이다.
남편을 남자로,
아내를 여자로 대접하면 뜻밖의 결과를 맞이한다.

chapter 06

불평일기, 원망일기, 감사일기

일상의 지루한 소모전은 그만하자

몇 년째 현관 밖에 음식물을 내놓는 이웃을 보고 한마디를 하고 말았다. 뒤끝이 있어서 그런 것도 아닌데 말이다. 부정적인 감정이 들 때 '어, 또 왔네.'라며 잘 다스려서 보내는 편인데 그날은 단단히 꼬이고 말았다. 까마득하게 오래전 남편이 한 행동이 불현듯 떠올라 화가 치밀기도 하듯, 평소엔 이웃집 할머니 행동을 너그러이 이해하면서도 그날은 길길이 날뛰었다. 음식물 봉지가 넘치고 엘리베이터 앞까지 일직선을 그으며 무지개를 그려놓은 듯 물이 흘렀다.

내 말이 상대를 기분 나쁘게 할지라도 한번은 하고 싶었다. 설사 그것이 잘못되었다 할지라도 음식물을 현관 밖에 내놓지 말고, 내놓으면 좀 일찍 버리시라고….

문제를 해결하는 방법은 여러 가지가 있다. 만나서 얘기할 수도 있고, 전화로 할 수도 있고, 메일을 보낼 수도 있다. 하지만 어떤 방법으로든 우리의 자존감을 파먹는 감정과 마주해야 한다. 할머니가 내게 비난의 말들을 쏟아 붓자 나는 어쩐지 죄책감이 들었다. 우리는 내게 함부로 했던 사람에게 그게 아니란 사실을 말하고 나서 뒤늦게 밀려오는 죄책감에 사로잡힌다.

죄책감에는 나를 어지럽히고 갉아먹는 놀라운 힘이 있다. 부지불식간에 찾아들어 합리적이지 못한 방법으로 나를 흔들어버린다. 하지만 이미 끝난 일에 죄책감을 갖는다는 건 떠나버린 기차의 꽁무니를 쳐다보는 꼴이다. 돌아오지도 않을 기차를 바라보면서 기차가 다시 와주기를 바라는 불안이 내포되어 있다.

처음 독서를 시작했을 때 잃어버린 나를 찾고 싶었다. 독서를 하고 글을 쓴다고 해서 내 자아가 튼튼해지는 건 가당치도 않은 일인데 '하다가 못하면 어쩌지?' 마음 안에서 죄책감이 일었다. 작가 브렌다 유랜드의 『글쓰기의 유혹』 중 한 문장을 빌려보자면 이렇다.

"당신을 다른 작가들과 비교하지 말라. 당신의 일은 창조하는 것이다."

내 일기장의 한 곳에 이런 내용이 들어 있었다.

아버님의 생신을 깜빡하고 잊어버린 어느 날 남편이 말했다.
"며느리가 되어가지고 그걸 잊어버리면 어떻게 해!"
세상 살아가면서 잊지 말아야 할 것이 있다면 딱 두 가지다.
시아버지 생일, 시어머니 생일.

2007. 3. 12.

꾹꾹 눌러 쓴 일기장의 모퉁이가 찢어져나갈 때마다 내 안에서 일어난 감정 역시 알 수 없는 죄책감이었다. 이제 죄책감은 사양한다. 아니 죄책감뿐만 아니라 나를 좀 먹는 어떤 감정도 사양한다. 설사 죄책감이 밀려든다 하더라도 그것을 감당할 여유가 이젠 없어져버렸다. 불평일기와 원망일기로 가득했던 내 일기장은 점점 가벼워지고 있다. 이제는 죄책감이 내 일기장 속으로 들어올 틈이 없다. 죄책감은 몸과 마음을 혹사시켜 나락으로 밀어버리는 중독성이 있기에 가능하면 그만하려 한다.

일상의 지루한 소모전은 그만하자. 가령 남에 대한 험담이나 불평, 뒷담화, 쓸데없는 죄의식, 미움 같은 감정은 옆집 아주머니와 평생을 나눠도 생에 아무런 도움을 주지 않는 감정들이다. 특히 이런 감정에 휩싸여 상대방과 겨루고 있다면 소모전을 멈추길 바란다. 그 대신 삶에 대한 감사함, 사랑에 대한 감사함, 살아 있는 모든 것에 대한 감사함으로 채워 바람처럼 살기를 바란다.

　작가 조 E. 루이스는 말한다.

　"인생은 단 한 번이다. 하지만 제대로 산다면 한 번으로도 충분하다."

책이 내게 건넨 위로 한 줄

나이도 그렇고 용모도 빠지지 않을 만큼 서로에게 잘 어울리고,

집안 형편도 괜찮았지만, 이들은 성격이 달랐다.

남편은 둔하다고까지는 할 수 없고 차분한 편인데 비해

아내는 예민하고 활발했다.

그러나 그렇게 자주 충돌한 것은 아니었다.

그들에게 무엇보다도 공통되지 않은 점이 있다면,

취미나 기호처럼 아주 사소하지만

특색이 확실히 드러나는 면에서였다.

－토마스 하디, 『환상을 좇는 여인』

＊

배우자를 고를 때 가장 먼저 보는 것이 '조건'인 시대,

학벌, 집안, 외모, 직장을 무시할 순 없지만

20년을 산 후에야 깨달았다.

결혼의 조건은 '사랑'과 '성격'이라는 것을.

chapter 07

하루 종일 책을 읽었다

채우고 비워내다

사람들은 남편이 출장을 가거나 낚시를 가면 당연하게 받아들인다. 반대로 아내가 집을 비우면 이를테면 모임이나 여행 등으로 다소 부정적인 반응을 보인다. 누가 부여했는지도 모르는 의무 속에 수십년을 살아왔지만 확실한 것은 남자들이 집을 떠나고 싶을 때 여자들도 마찬가지란 사실이다. 나는 일로 집을 떠나는 남편이 부럽다.

트렁크 하나 달랑 들고 현관문을 가볍게 열며 마치 여행길을 떠나듯이 훨훨, 홀연히 사라지는 남편의 꽁무니가 미치도록 부럽다. 남편이 사라지고 나면 혼자서 해결해야 할 일들, 집안에서 일어나는 번잡한 모든 것이 나를 억누른다. 남편은 돈을 벌어다 주면 자신의 모든 역할을 다했다는 생각이 강한 것 같다. 하지만 나는 정체되어 있다. 누구나 한번쯤 탈진의 경험이 온다. 정신분석가 프로이덴버거는 『상담가들의 소진』이란 논문에서 '소진'이란 용어를 처음 사용하였다. 만성적인 스트레스가 원인이 되어 이유 없이 무기력해지며 게다가 삶의 의욕도 점점 사라지는 형태를 말한다.

늘 떠나는 당신이 부럽다. 나도 며칠만이라도 혼자만의 시간을 갖고 싶다고 말하자 남편은 알 수 없다는 표정을 지었다. 남들보다 비교적 편안해 보이는데 무슨 배부른 소리냐는 눈빛이었다. 왜 사람들은, 남자들은 자신들이 떠나는 것은 당연시하고 여자가 떠나면 그 의도를 궁금해할까? 평생을 함께 붙어살면서 단 며칠이 주는 불편을 견디지 못한다. 자유로운 삶으로 돌아가기 위한 기회를 놓쳐버린다.

'해리포터' 시리즈를 쓴 조엔 롤링은 꿈이라는 열매를 따 먹은 보기 드문 작가다. 카페 구석에 앉아 상상력 하나로 인생의 전환점을 맞이했다. 4개월 된 딸 아이의 분유 살 돈조차 없었지만 그녀는 상상력을 포기하지 않았다. 상상력은 그녀를 열망으로 이끌었으며 그 열망은 꿈이었다. 정부의 보조금으로 근근이 살아가는 이혼녀, 출간 계약을 하기 위해 작품을 12군데나 보냈지만 번번이 떨어졌다. 하지만 자신의 삶이 새롭게 시작되었다는 신호를 직감적으로 알아차렸다. 드디어 13번째 출판사에 원고를 보내고 우리가 좋아하는 작품 '해리포터' 시리즈가 탄생했다.

독서가 독서를 부른다. 꿈이 꿈을 부르고 행운이 행운을 부른다. 12번째에서 포기해버리고 13번째를 실행하지 않았다면 어쩌면 우리는 그 작품을 만나지 못했을 것이다. 이제는 전 세계의 백만장자 대열에 합류한 그녀는 여행 중이다. 작품이 사람이 되어 훨훨 날아다닌다. 독서가 독서를 부르는 놀라운 경험을 하고 있다. 계단 밑 비밀의 통로, 작은 카페로 가면 그녀를 만날까? 어쩐지 아직도 그녀를 만날 것만 같은 상상에 빠진다.

우연히 앨범을 정리하다가 20년 전 웨딩 사진을 보았다. 그 속에 한 남자와 한 여자가 웃고 있었다. 웃고 있는 내 모습에서 더 이상은 웃을 수 없는 나를 발견했다. 나는 의무와 역할에 갇힌 채 기운 빠지는 날들의 연속을 보내고 있지만 남편은 홀연히 떠났다 돌아오기를 반복한다. 어쩌면 내 번아웃 증후군은 오랜 결혼에서 온 피로인지도 모르겠다. 채우고 비워내기는 결혼 생활뿐 아니라 우리 삶에도 필요한 것 같다. 채우고 비워내기를 잘하면 삶이 한결 수월해진다.

특히 집이라는 곳도 그렇다. 당장 떠날 순 없지만 채우고 비워내기를 잘 할 때 너덜너덜해진 신경줄은 새로운 이야기로 채워질 것이다. 조엔 롤링처럼.

책이 내게 건넨 위로 한 줄

사람들은 모두 자신의 상처를 가지고 있지만

어떤 이들은 마음에 생긴 상처를 통해 세상을 바라본다.

그 '상처'라는 마음의 창으로

세상을 바라보면 그것은 사랑이 되고

감사가 되어 세상을 뒤덮는다.

– 박은기, 『반듯하지 않은 인생 고마워요』 중에서

*

신기하게도 감사함은 채우고 채워도 부족하다.

흐르고 흘러도 또 다시 흘러가 채워야 하는

강물처럼.

chapter 08

누구나 버티며 살아간다

항상 좋은 일이 가득하길 빌게요

내가 모든 사람의 요구를 들어줄 순 없다. 나는 원더우먼도 아니고 몸이 하나인 보통의 평범한 여자이다. 하지만 결혼생활은 아프로디테 여신에게나 가능한 초인적인 인내를 요구하는 것 같다. 수세기 동안 그래 왔고 앞으로도 그래야 한다는 주문 같은 교육을 받아온 나의 내면 어딘가에서 들려오는 목소리이다. 내게 이것은 불합리하다고 말할 만한 자격은 없다. 설사 하더라도 그것은 공허한 메아리이며 오래가지 못할 투쟁이다.

하지만 가끔씩 내가 가족의 모든 것을 들어줄 수 없다는 사실이 날 위협하는 것 같다. 내 본성이 흔들린다. 나는 한 달만이라도 시골에 내려가 은신처에 내 몸을 기대고 싶다. 하루 종일 대문이 열려 있는 곳에서 바람 한가득 안고 자유로움을 만끽하고 싶다. 햇살과 바람, 무성한 잎사귀를 친구로 삼고 싶다. 그렇게 시간을 보내고 나면 상처는 저녁 무렵 고구마를 구우면서 알게 될 것이다.

아이들을 도서관에 태워다 주고 돌아오던 토요일 저녁이었다. 눈이 내려 길바닥이 살짝 얼어 있었다. 순간 차가 휘청거리더니 한쪽으로 쏠렸다. 이상하다 싶어 창문을 내리고 살피는데 마침 지나가던 택시 기사님이 "운전석 타이어에 펑크 났습니다. 조심히 가세요."라며 지나간다. 경황이 없어서 고맙다는 인사도 못했다. 나는 살면서 한번도 댓글을 달아본 적이 없다. 하지만 이런 경우 내게 친절을 베풀어준 기사님께 댓글을 달고 싶다.

"정말로 감사합니다. 제 생명의 은인이십니다. 항상 좋은 일이 가득하길 빌게요."

남이 달아놓은 댓글을 볼 때는 두 가지 심리가 들어 있는 것 같다. 특히나 실망스러운 기사를 보았을 때, 비난하고 싶은 마음과 다른 사람은 어떻게 생각할까 하는 상반된 심리가 숨어 있다. 사실 댓글은 문제가 되지 않는다. 문제는 악성 댓글이 달려 있을 때 전혀 상관없는 내가 느끼는 수치심이다. 입에 담을 수 없는 욕을 버젓이 써놓고 잘 모르는 사람에게 인신공격을 하는 사람이 있다. 전혀 상관없는 내 마음도 언짢게 느껴진다.

누구나 버티며 살아간다. 저녁에 샴페인을 마셨던 사람도 아침이 오면 버틴다. 우리 눈에 완벽해 보이는 사람도 이를 악물며 버티는 중이다. 삶은 예측하기 힘든 날들의 연속이다. 무책임하게 뱉어낸 말이 누군가를 곤경에 빠뜨린다면 한 사람의 인생을 침범하고 있는 것이다.

마르셀 프루스트는 이렇게 말했다.
"바뀐 것은 없다. 단지 내가 달라졌을 뿐이다."

나는 버티며 살아간다. 공항에서 커피를 마시며 자유롭게 살아가는 남편 대신 사랑하는 아이를 위해 버틴다. 혼자가 되어 사막을 걷고 싶지만 나를 필요로 하는 아이들을 위해 버틴다. 우리는 제각각 터질 듯 아프지만 흔들리면서 버티는 중이다.

나는 이제야 깨달았다
모든 사람들이 각각 자신의 일을
걱정하고 노력함으로써 살아갈 수 있다고 생각하는 것은
그저 인간들의 생각일 뿐이라는 것을,
사실은 오직 사랑에 의해서만
살아가는 것이다.
— 톨스토이, 『사람은 무엇으로 사는가』 중에서

*

산책을 나갔다가 오래된 나무의 밑둥이 잘려진
나이테를 보았다.
사랑의 연륜이 느껴지는 나이테였다.

chapter 09

사랑, 시간, 죽음

뒤로 미루지 않기를

독서가 몰입의 대상이 된 이후부터 몰입이 주는 희열을 느끼게 되었다. 신경이 날카로워지고 묵직하게 마음이 내려앉은 날 이리저리 날뛰던 마음은 몰입을 함으로써 비워진다. 여자들은 수많은 목소리에 짓눌려 산다. 비난이나 질투, 실망이나 원망, 한숨이나 분노의 소리를 듣는다. 그것은 때로 훈계의 목소리이다.

나를 규정하는 목소리들좋은 엄마, 좋은 아내, 좋은 며느리, 좋은 딸, 좋은 동료 등은 나를 틀에 가둔다. 이런 목소리에서 벗어나 덜 부대끼는 곳에서 자유로운 시간을 갖는다면 천국이겠다. 진흙투성이 논길을 걷고 내게 아무런 관심도 없는 사람들 틈에서 그들의 목소리를 신경쓰지 않는다면 침묵 속에서 정처 없이 바람을 가를 수 있겠다.

때때로 우리들은 잠시 이런 피난처를 꿈꾼다. 독서에 몸을 맡기면 책은 어느 순간 미지의 세계로 나를 데리고 간다. 정중하게 부탁하지 않았는데 상상의 날개를 달아준다. 나다니엘 호손은 이렇게 말한다.

"행복은 나비다. 당신이 쫓아다니면 늘 잡을 수 없는 곳에 있지만 조용히 앉아 있으면 당신에게 내려앉을지도 모른다."

꿈꾸는 피난처가 있다면 더할 나위 없겠지만 피난처는 불가능할 것이다. 때로 이런 환상은 거부당하기 마련이다. 〈사랑과 시간과 죽음을 만났다〉라는 영화에선 6살 난 딸아이를 잃은 한 남자의 이야기가 펼쳐진다. 남자는 존재하지 않은 '사랑, 시간, 죽음'에게 편지를 쓴다. 꿈에서 잃어버린 아이를 찾아 헤멘다. 가시덤불이 우거진 곳에서 느닷없이 펼쳐지는 황무지를 보았다. 편지의 부름에 각기 다른 모습으로 찾아온 사랑, 시간, 죽음은 대답한다.

"우리는 사랑을 갈구하고, 흐르는 시간을 아쉬워하고, 죽음을 두려워한다."

붉은 벽이 쳐진 돌담 사이로 비밀은 벗겨질지 모른다. 삶은 그런 것이다.

정신없이 살다가 가족 중 누군가 아프다면 어떡할까. 시간은 3달 정도 한정되어 있고 죽음을 맞이해야 한다면 말이다. 아무리 은행 잔고가 넉넉하더라도 제대로 된 생활을 할 수 없을 것이다. 우리는 시간과 사랑, 죽음이 영원할 것이라며 의미를 부여하지만 이 세상에 영원한 건 없다. 그것이 아무리 넉넉한 통장 잔고라도 말이다.

독서는 말도 안 되는 세상을 말이 되는 세상으로, 버티기 힘든 세상을 나를 버티게 하는 세상으로, 굵직한 눈물 한 방울이 더 이상 고통이 될 수 없는 세상으로 만든다.

소중한 시간은 흘러간다. 사람들도 흘러간다. 계절도 흐른다. 영화가 주는 메시지가 어떤 것인지 여러분은 알 것이다.

"지금 사랑하라.
뒤로 미루지 말라.
당신이 사랑할 사람은 당신 곁에 있는 사람이다."

얼마나 당당한가 어린 나무들은
바람 아니면 어디에도 굽힌 적이 없다
바람과의 어울림도 짜릿한 놀이일 뿐이다
열매를 맺어 본 나무들은

한 아름 눈을 안고 있다.
안고 있다는 생각도 없이
─올라브 하우게, 「어린 나무의 눈을 털어 주다」 중에서

*

한 계절 눈을 맞고 서 있는 어린 나무들은
큰 나무를 탓하지 않는다. 의연함으로 꿋꿋이 견딜 뿐이다.

chapter 10

그렇게 어른이 되어버렸다

두근두근 쿵쿵쿵 바운스 바운스

우리말 중에 '따뜻한'이란 말과 '한결같은'이란 말을 좋아한다. 따뜻한 사람, 따뜻한 손, 따뜻한 베게, 따뜻한 미소, 따뜻한 국물, 따뜻한 책. 사물과 사람 앞에 '따뜻한'이란 말을 넣으면 왠지 내게 따뜻한 기운이 퍼질 것만 같다. 그래서 나도 따뜻한 사람이 되고 싶어진다. 한결같은 사람, 한결같은 마음, 한결같은 미소, 한결같이 일하는 사람. 누군가에게 "그 사람 참 한결같은 사람이야."라는 말을 들을 수 있다면 얼굴을 보지 않은 사람임에도 그 사람은 분명 정직할 것이라는 느낌이 온다.

인생을 살면서 스펙이나 학력과 상관없이 만나면 만날수록 자주 만나고 싶은 사람이 분명 있다. 어떤 점이 매력을 끌까? 가까이 들여다보면 한 가지를 발견하곤 하는데 그는 따뜻하고 한결같은 사람이라는 것이다. 살면서 누군가에게 따뜻하고 한결같은 사람으로 기억되는 건 어려운 일이다. 하지만 기억될 수 있다면 당신은 축복받은 사람이다.

책에 미친 최고의 독서가를 꼽으라면 김득신이다. 그는 조선시대 최고로 독서를 즐긴 인물이다. 『목산기』를 2만 번, 『악어문』을 1만 4천 번 다독했을 정도로 독서를 즐겼다. 정약용의 저서에서는 김득신을 대기만성형의 인물로 꼽았다.

중년의 독서는 두근두근거린다. 그리고 때론 가슴이 쿵쿵거린다. 지식의 문턱을 함께 넘은 친구 같다는 생각이 든다. 살아 있다는 것만으로 가슴이 바운스바운스해진다. 오래도록 내 곁에서 나를 위로하고 응원해줄 친구처럼 무한한 자유로움을 느끼게 한다.

가끔씩 생각한다. 내 자아는 어디로 사라져버렸을까? 결혼 전 왕성했던 자아, 튼튼했던 자아를 남편이 가져간 것도 아닌데 남편의 자아는 강해질수록 내 자아는 작아지고 있다. 남편을 따라 몇 곳을 떠돌면서 사귀었던 친구들은 하나같이 연락이 끊어졌다. 그러자 마음 안에서 알 수 없는 상실감이 일어나 한동안 친구들 사귀는 게 겁이 날 정도였다.

상실된 자아를 복원시키기 위해, 아니 수선이라도 하기 위해 내 정체성을 찾아야 한다. 관계 맺기의 첫 번째가 독서라는 점을 알게 되었다. 잃어버린 자아를 다시 찾기 위해 마음에 힘을 주는 독서에 몰입하면 할수록 또렷해졌다. 중년은 소리 없이 현관문으로 들어와 얼굴에 책임을 지라고 말한다. 어쩌다 보니 중년이 되었고 그렇게 어른이 되었다.

은희가 말했다.

"나는 저녁이 오는게 무서워. 하루 종일 일하고 와서 저녁에 집으로 출근하면 무섭다는 생각이 들어."

삶은 전쟁터 같은 연속이다. 그래서 내 자아와 은희의 자아가 도망쳐버린 게 아닐까? 하지만 우리가 할 수 있는 일은 우리에게 선택권이 있다는 사실이다.

두근두근, 쿵쿵쿵, 바운스바운스

책을 볼 수 있고, 세상의 아름다움을 느낄 수 있다. 때론 무서워도 계속 살아가야 한다는 선택이다.

책이 내게 건넨 위로 한 줄

자그마한 체구에 살찐 여자 하나가 검은 옷을 입은 채 들어서자
그들은 자리에서 일어났다.
그녀는 허리께까지 드리워진 가느다란 금줄을 두르고 있었는데,
그 줄의 끄트머리는 허리띠 안쪽으로 감추어져 있었다.
그녀의 골격은 작고 빈약하였다.
다른 여자의 경우라면 통통해 보인다고 할 정도의 살집을
갖고 있는데도 그녀가 그렇게 뚱뚱해 보였던 것은
아마도 이 때문이었을 것이다.
– 윌리엄 포크너, 『에밀리를 위한 장미』 중에서

*

미국 문학을 대표하는 작가로 노벨 문학상을 받은 윌리엄 포크너는 '음
향과 분노'라는 작품에서 문학의 깊이를 더한다. 내게 기회가 온다면 그가
살던 집을 방문해보고 싶다.

chapter 11

이별이 잘 떠나가도록

네잎클로버 찾기 놀이

아이들이 어렸을 때 종종 네잎클로버 찾기 놀이를 하곤 했다. 풀밭을 헤매며 네잎클로버를 찾기 위해 껑충껑충 뛰어다니는 아이들을 볼 때면 내 삶의 원동력은 아이들이라고 생각했다. 한동안 풀밭에 앉아 있던 아이가 소리치며 달려왔다. 행운의 네잎클로버였다. 그 풀잎을 책갈피 사이에 넣고 한동안 잊고 지냈는데 우연히 그 네잎클로버를 발견했다.

행운의 예감은 틀리지 않았다. 행운의 예감은 틀리지 않았다. 내게 행운은 네잎 클로버를 닮은 두 아이였다. 하지만 그 아이들 때문에 삶이 때론 버겁기도 하다. 해도 해도 끝없는 아이들 뒷바라지, 집안일에 속상할 때도 있지만 부모에게 아이들은 소중한 원동력이다.

살면서 이별을 예감할 순 없지만 이별은 느닷없이 닥친다. 사랑한다, 그동안 고마웠다는 흔한 말 한마디 남기지 못한 채 아픔이 찾아온다. 한 시절을 같이 해준 고마운 사람들은 쉽게 잊히지 않는다. 이를 테면 함께 일한 동료, 힘들 때 조언을 해주던 친구, 물질적으로 도와준 형제, 마음이 아플 때 힘이 되어주던 장소 등이 그렇다. 나를 견디게 해준 책과 나를 견디게 해준 일상 속의 작은 실천법을 소개해본다.

1. 햇볕 속에서 산책한다

2. 커피나 홍차를 즐긴다

3. 유행하는 팝송이나 가요를 듣는다

4. 맛있는 것을 먹는다

5. 잠을 일찍 잔다

6. 서점에 간다

7. 취미가 같은 사람들과 동아리를 만든다

8. 사우나를 즐긴다

9. 독서를 한다

10. 드라마나 영화를 본다

11. 미술 갤러리를 찾는다

마음이 가고 마음이 끌리고 그걸 하면 행복한 일, 네잎클로버 찾기가 그럴 것이다. 삶이란 종종 예측을 벗어나 위안을 찾는 일에서 회복된다. 김형경의『사람풍경』과 버지니아 울프의 대표작을 모아놓은 책을 읽으며 시간과 함께 쌓여가는 이별은 어느 샌가 그리움이 될 것이다.

지금도 가끔씩 네잎클로버 찾기 놀이를 하고 싶다. 오래도록 풀밭에 앉아 내가 어디에 머물고 싶은지 귀기울여 보고 싶다. 오래 볼수록 예쁠 것 같다. 풀잎과 내가 함께라면 말이다. 독서는 삶의 고비마다 위안을 준다. 분명 치유력이라 말할 수 있는 강력한 무언가가 그 속에 있다.

책이 내게 건넨 위로 한 줄

인생에는 두 가지 비극이 있다.

우리가 바라는 것을 갖지 못하는 것과

우리가 바라는 것을 얻는 것이다.

그런데 더 고약한 것은 후자다.

원하던 것을 손에 넣고 나면 대개는 실망하기 때문이다.

– 베르나르 베르베르, 『신』 중에서

*

간절한 것을 손에 넣고 나면 순간은 매혹적이다.

하지만 이내 심란해진다. 더 큰 것을 통과해야 하기 때문이다.

그것은 자신과의 싸움이다.

2

오늘,

오래된
나를
버리기로
하다

chapter 01

독서가 취미라뇨

심플하고 간결한 삶

일상에 지칠 때 사람마다 머무르고 싶은 곳이 있다. 영화를 보거나 그림을 감상하는 사람, 카페에 앉아 차를 시켜놓고 마음을 진정시키는 사람이 있다. 장소가 어디든 그곳이 자신에게 특별한 장소로 다가오거나 마음에 힐링을 주는 곳이라면 몸속에 이글거리는 불만과 불평을 가라앉히기에 좋을 것이다.

집 앞 가까운 곳에 서점이 있어 산책을 나갔다가 들르기도 하고 마음이 괜스레 울적해진 날 그곳으로 가 머무르곤 했다. 읽고 싶은 책 한 권 가져와 제일 구석진 곳에 자리를 잡는다. 사람들은 저마다 다른 방법으로 책을 읽는다. 나는 서점 안에 있는 사람들을 유심히 관찰하는 편인데 특히 노년의 어르신들이 독서를 할 때 표정에서 우러나오는 심오한 모습을 보면 독서가 취미가 아님을 알게 된다. 침침한 눈을 깜빡거리며 돋보기 안경을 멀리 대고 책을 읽어 내려가는 모습에서 애처롭지만 아름다운 경외심을 발견한다. 의자에 오래 앉아 있으면 허리도 뻐근하고 어깨도 아플 텐데 아랑곳하지 않고 책을 읽는다. 남은 삶에 의미를 부여하는 책을 가까이 한다면 삶은 더욱 특별해질 것이다.

나는 구석에 앉아 책을 볼 때마다 이렇게 말한다.

"이 책은 더 나은 나를 만들어줄 거야."

긍정의 마음을 한가득 안고 책을 만나면 책도 그만한 보답을 내게 주는 것 같다. 엘리자베스 퀴블러 로스는 『인생 수업』이란 책으로 우리에게 친숙한 작가다.

"실수나 우연의 일치라는 건 없다. 모든 일은 가르침을 주기 위해 우리에게 내려진 축복이다."

심플하고 간결한 삶이란 어떤 것일까. 지나치게 욕심 부리지 않고 있는 것에 감사하며 삶을 겸허히 받아들여 마무리할 수 있다면 성공과 상관없이 그 삶은 깊다.

아버지는 참 사랑이 많은 분이었다. 북적거리는 형제 중 장남으로 태어나 이리 치이고 저리 치이는 삶을 살면서도 늘 미소를 잃지 않았다. 그래서 주변에 사람이 많았고 그런 아버지를 사람들은 좋아했다. 나는 아버지가 누군가를 비난하거나 험담하는 것을 한 번도 본 적이 없다. 자식들이 장난삼아 도가 넘치는 말을 해도 그래도 허허 하며 웃으시던 기억이 난다.

　삶의 주인이 되어 신념을 가지고 살아간다는 것은 사람마다 다르겠지만 아버지는 간결한 삶을 꿈꾸셨던 것 같다. 사람 속에서 복잡하게 얽히지 않고 자신을 비루하게 만들지 않으며 모두를 존중한 삶.

　인간의 삶 속에 신념이 있다면 설사 어렵고 힘든 일이 닥치더라도 믿어온 신념을 지키며 간결하게 살아갈 수 있다. 그렇기에 간결하고 심플한 삶이란 꼿꼿하게 책을 읽고 있는 노년의 모습에서 흘러나오는 조용한 당당함이다. 자신을 증명하거나 드러내지 않아도 한눈에 알아볼 수 있는 인격이다.

　내 결혼에도 신념이 있었더라면 나는 환상에 사로잡히지 않았을 것이다. 하긴 지루한 일상에 가미하는 환상은 음식에 치는 MSG와

다르겠지만, 적어도 엄마가 며칠 집을 비울 때 호랑이가 나타나 잡아먹는 일은 일어나지 않는다. 심플하고 간결한 삶은 우리의 영혼을 속박하거나 구속하지 않는다. 열정이 불타오를 수 있도록 돕는다. 뭔가 할 수 있다면 그것을 시작하라. 괴테는 말했다.

"새로운 일을 시작하는 용기 속에 당신의 천재성과 능력과 기적이 모두 숨어 있다."

삶은 거창한 무언가가 아닌 삶의 태도에서 결정된다. 마음이 가는 일, 행복할 수 있는 일, 나다운 일로 걸어가는 신념이 더해질 때 삶은 빛난다.

나는 사람이 살아간다는 건
시간을 기다리고 견디는 일이라는 것을
깨닫게 되었다.
늘 기대보다는 못 미치지만
어쨌든 살아있는 한 시간은 흐르고
모든 것은 지나간다.
- 황석영, 『바리데기』 중에서

*

모두 '한 순간'이다. 좋은 일을 만났다고 자랑할 것도,
안 좋은 일을 만났다고 기죽을 것도 없다.
어차피 모두 다 지나가는 바람에 불과하다.

chapter 02

서점은 꿈의 성소, 책은 나의 스승

나는 작은 인간일 뿐이다

어떤 장소에 가면 괜스레 설레는 곳이 있다. 분위기 좋은 카페나 작은 서점, 주인장이 직접 만들어 파는 도자기 가게는 기분을 설레게 한다. 얼마 전엔 지리산을 다녀왔는데 전통 찻집이 너무 예뻐 차 마시는 시간보다 찻집을 둘러보는 구경을 하느라 시간을 다 보낸 적이 있다. 그런 곳은 특히나 한적해서 좋다.

주말이면 가는 동네 교보문고는 북적거리는 사람들로 발 디딜 틈이 없지만 원하는 책을 골라 볼 수 있어서 좋다. 카페처럼 분위기도 아늑하다.

어떤 장소가 내게 마음의 안식을 준다면 그곳은 자신과 잘 맞는 곳이다. 가끔 노트북을 들고 집 앞의 작은 카페에 가곤 한다. 눈길을 끄는 보라색 큰 창문이 있는 집인데 특히 비라도 내리는 날 그곳에 앉아 있으면 동화 속의 주인공이 된 듯한 착각에 빠져든다. 며칠 전 마지막 원고 작업을 위해 그곳에 들렀다. 군대에서 제대한 복학생쯤으로 보이는 학생들이었다.

"야, 요즘 그렇게 취직이 안된다며."

"정말 죽고 싶다."

"야, 임마. 밥값 못하면 그냥 죽어!"

외로워진 세상 탓인지, 아니면 정말 팍팍해서 죽고 싶은지 죽고 싶다는 말을 서슴없이 뱉어내는 사람들이 많다. 젊음의 호기로 뱉어내본 농담이라 생각하지만 어쩐지 가슴이 답답해져 온다. 최악의 실업난에 버티기 힘들다는 사람들이 늘어나고 있다. 중장년층은 물론 대학을 갓 졸업한 취준생 중에 실업자가 사상 최대치라는 뉴스를 접할 때마다 남의 일 같지가 않다.

아는 언니의 아들은 1년째 도서관에서 공부를 하며 이력서를 쓴다고 들었다. 나도 한때 백조가 된 적이 있다. 학교 졸업 후 1년 정도의 기간이었는데 그때는 너무 불안하고 두려워 사람만나는 것조차 힘들었다. 번번이 넣은 원서가 떨어지자 나중엔 '될 대로 되라!'는 마음까지 생겼다. 그런 시간에 틈틈이 독서를 했더라면 지금쯤 인생이 어떻게 펼쳐 졌을까 생각해본다.

서점에 북적거리는 사람들 중엔 아직 취직 못한 청춘도 많아 보인다. 하지만 중요한 것은 취직을 했느냐 못했느냐보다 자신이 스스로에게 매긴 '가치'를 소중히 여기는 것이다. 취직 못했다고 죽을 이유도 없고 또한 그런 생각을 해선 더더욱 안 된다. 나 역시 그런 시절을 거쳤지만 멀쩡히 살아나왔고 지금도 살고 있다.

우리는 작은 인간일 뿐이다. 뜻하지 않은 시련은 뜻하지 않은 기회를 준다. 오히려 더 멋진 인생으로 거듭 날 수 있다.

네가 만약 모든 것을 잃고

모두가 너를 비난할 때

네가 고개를 똑바로 쳐들 수만 있다면

네 스스로 자신을 신뢰할 수만 있다면

네가 만일 기다려줄 수 있고

그 기다림에 지치지만 않는다면

거짓 속에 있더라도 타협하지 않고

미움을 받더라도

그 미움에 패배하지만 않는다면

꿈을 포기하지 않으면서도

꿈의 노예가 되지 않을 수만 있다면

너는 비로소 진정한 사람이 되는 것

−러디어드 키플링영국의 소설가, 시인, 「만일」

모두가 비난할 때, 실패해 무너질 때, 안 된다고 말할 때, 친구보다 늦어질 때, 이렇게 대답하라. 포기하지 않겠다고, 해보겠다고!

구석진 곳에서 책을 보다가 서점의 서가 앞에 서서 소리 없는 무언의 소리를 듣는다. 제목을 따라 읽는 서가 여행은 순례자가 된 것 같다. 커다란 서가 앞에 서면 마음이 경건해지고 나는 어느새 작은 인간이 되어 있다.

생의 마지막 날, 우리가 전하고 싶은 것은 갚아야 할 대출금이나 아이들 학원비가 아닐 것이다. 엇나간 인간관계나 이웃집 아주머니의 잔소리는 아닐 것이다. 나를 소중히 여기지 못한 마음과 나를 사랑하지 않은 마음이 먼저일 것이다. 로맹 롤랑프랑스의 소설가이 용기에 대해 이렇게 말했다.

"언제까지고 계속되는 불행은 없다. 가만히 견디고 참든지 용기로 내쫓아버리든지 둘 중에 하나를 택해야 한다."

할 수 있을 때 장미꽃을 따 모아요.
늙은 시간은 끊임없이 달아나고
오늘 미소 짓는 이 꽃도 내일이면 죽어가고 있을 테니

하늘에 저 찬란한 등불, 태양도 높이 오르면 오를수록
더 빨리 그 운행이 끝나고 일몰에 더욱 가까워지리니

젊음과 혈기가 가득한 첫 시절이 최고인 법,
첫 시절이 끝나고 나면 점점 나쁜 시간들이 뒤를 따르니
그대, 수줍어 말고 시간을 즐겨요.
―로버트 헤릭, 「처녀들에게」 중에서

*

취업난 속에 힘들어하는 젊은 친구들을 보면 안타깝다.
바깥 세상은 장미꽃으로 물들고,
태양은 찬란한데 청춘은 슬프다.
어른은 그렇게 되는 것이다.

chapter 03

하루 1시간 읽는다

내 멋대로 내 맘대로

좋은 습관 한 가지 들이는 데 수 개월이 걸린다면 나쁜 습관 한 가지 버리는 데 족히 1년은 걸리는 것 같다. 처음 산책을 습관 삼아 길들이기까지 꽤나 어려움이 있었다. 운동복을 갈아입고 준비를 마친 상태에서 갑자기 해야 할 어떤 일이 떠오른다거나, 연락해줘야 할 일들이 생긴다. 그러다가 시간이 지나면 산책할 마음이 사라져 다시 평상복으로 옷을 갈아입는 경우다.

처음엔 습관으로 만드는 데 어려움이 있었지만 지금은 그 누구보다도 산책을 즐기는 사람이 되었다. 산책은 내 몸을 건강하게 만드는 좋은 습관이란 걸 알게 되었기 때문이다. 습관을 마음먹은 대로 뚝딱 바꿀 수 있다면 누가 고민할까? 하지만 습관을 바꾸는 일은 대단한 인내를 필요로 한다. 만만치 않은 일이다. 가정 안에서 가족들의 자잘한 습관을 고치기란 어렵다. 흥분하면 콧등에 걸쳐 있던 안경을 벗어 귀 뒤에 꽂는 남편, 옷가지를 아무렇게나 걸어두는 큰아이, 공부하겠다고 해놓고 게임에 빠지는 작은아이까지 습관도 제각각이다.

하루 1시간 목표를 세워두고 독서를 한다. 이런 독서를 몇 해 동안 해 본 나로선 이 습관 들이기가 얼마나 어려운 일인지 안다. 토마스 아 켐피스독일의 성직자는 이렇게 말했다.

"절대 허송세월하지 마라. 책을 읽든지, 쓰든지, 기도를 하든지, 명상을 하든지, 또는 공익을 위해 노력하든지 항상 뭔가를 해라."

운전을 하다가 안 하면 핸들의 감각이 떨어져 초보자가 된 것 같은 기분이다. 길도 서툴고 방향감각도 서툴어서 직진하는 것도 어렵게 느껴진다. 이럴 때 꼭 초보운전자가 된 기분이다. 독서 습관을 몸에 익히는 것은 운전대를 잡고 운전하는 것과 같다. 한번 길들여지면 절대 헤어날 수 없는 마력을 가진 습관이라고 말하고 싶다.

"인간은 결코 꿈꾸기를 멈출 수 없습니다. 육체가 음식을 먹어야 사는 것처럼 영혼은 꿈을 먹어야 살 수 있으니까요. 살아가는 동안 이루지 못한 꿈 때문에 실망하고, 충족되지 못한 욕망 때문에 좌절하는 일이 종종 일어나지요. 하지만 그래도 꿈꾸기를 멈춰서는 안 됩니다.”

—파울로 코엘료, 『순례자』 중에서

내 멋대로 내 맘대로 습관 하나를 들여보면 어떨까? 영어 회화나 프랑스 자수, 주짓수 배우기, 가까운 데 여행하기 등 자신이 즐겁게 할 수 있는 것을 찾아 몸으로 길들이는 것이다.

예를 들어 남 눈치 안보고 혼자 영화를 본다거나, 그림을 배운다 거나 요가를 배워보는 것도 몸으로 익히며 에너지를 받을 수 있는 좋은 것들이다. 내 멋대로 내 마음대로 해보고 싶은 것들이 많다. 며 칠간 집을 비운 채 여행을 떠나고 싶고, 그동안에는 남편과 아이들 이 뭘 해먹든 신경쓰지 않고 싶고, 그림을 배우고 싶고, 산에 올라가 날 아프게 했던 사람 이름을 고래고래 부르고 싶다. 재즈 음악에 몸 을 맡기고 춤을 추며 밤새도록 친구들과 수다를 떨고 싶다. 지인들 과 겨울 등산을 하며 바다 구경도 가고 싶다. 락음악을 들으며 헤드 뱅잉을 해보고 싶다. 나를 가두는 나로부터, 나를 가두는 시선으로 부터 벗어나 내 멋대로 내 맘대로 즐기고 싶다.

한동안 집안의 살림살이들이 방해 작전을 펼칠 것이다. 내게 관심을 가져 달라고, 나를 좀 봐달라고 말이다. 하지만 그럴수록 더 자유분방하게 하루 1시간 내가 하고 싶은 일에 도전해보고 싶다. 무슨 일이든 하루 1시간만 해낼 수 있다면 놀라운 일이 일어난다.

"학위를 받아 대학에 자리를 잡았다. 베스트셀러 저자가 되었다.
유명 강연가가 되었다. 일간지 칼럼니스트의 기회가 주어졌다.
여러 방송을 통해 이름을 알릴 수 있었다.
기업 차원을 넘어 공공기관에서까지 강연 의뢰가 왔다.
국내 최고의 온라인 교육기관과 제휴해 교육 프로그램을 만들었다. 무엇보다 규칙적으로, 그리고 꾸준하게 새로운 인생 전략들을 실천에 옮길 수 있는 힘을 얻게 되었다."
―하우석, 『내 인생 5년후』 중에서

하루 1시간이 모여 한 달이면 30시간, 1년이면 1만 950시간이 된다. 포기하지 않고 야금야금 무언가를 한다면 대단한 걸작을 남길 수도 있다. 독서를 한다면 시간의 결과물에 남과 비교할 수 없는 엄청난 차이를 만든다. 독서는 자신을 뛰어넘을 수 있는 비등점이 되어 내적인 성장을 폭발적으로 증가시킨다.

혹자는 이렇게 말한다.

"1시간을 어떻게 냅니까? 요즘 세상이 좀 바쁩니까?"

맞는 말이지만 동의할 수 없다. 나와 여러분을 포함해 하루 1시간
은 의식적으로 얼마든지 만들 수 있다. 파울 클레독일의 화가는 이렇
게 말한다.

"우리를 조금 크게 만드는 데 걸리는 시간은 단 하루면 충분하다."

책이 내게 건넨 위로 한 줄

여성에게 집이란, 남편과 아이가 없을 때만 쉴 수 있는 공간이었다.
가정 내에서 여성이 온종일 다른 사람을 수발하느라 바쁘다면
집은 그녀에게 쉬면서 편안함과 즐거움을 얻는 공간이 아니라
일터일 뿐이다.
독신 여성이야말로 직업을 가짐으로써 가장 자유로웠다.
―벨 훅스, 『모두를 위한 페미니즘』 중에서

*

익숙한 집이 참을 수 없는 날이 있다.
나는 결코 페미니스트가 아니다.
쉬고 싶을 때 쉴 수 없다는 사실이 이상할 뿐이다.
여자는 가끔씩 '자신을 지키고 싶은 공간'을 꿈꾼다.

chapter 04

우리는 왜 읽어야 할까

혼자 걷고 싶은 날

아이를 중심으로 생활의 모든 것이 변했다. 결혼 생활에 '나'는 없는 것 같다. 솔직히 결혼 전 아이를 키우기 전에는 책에 별 관심이 없었다. 서가에 꽂힌 책들 중 내 눈길을 사로잡은 건 소설이나 시, 자기계발서였다.

아이가 생기고 삶의 반경이 넓어지면서 육아와 교육, 부동산, 재테크 등에 관심을 갖게 되었다. 전세살이를 하면서 집이 없는 서러움이 어떤 것인지 몸소 겪은 후 내 독서도 달라졌다. 과도한 의무에 사로잡힌 결혼 생활은 하루에도 몇 번씩 냉탕과 온탕을 오고갔다. 멀쩡히 놀던 아이가 밤에 느닷없이 아파서 병원으로 향하고, 낮엔 멀쩡했는데 고열에 몸을 떠는가 하면, 아이를 업고 택시를 잡느라 골목길을 헤맨 적이 있었다.

하나의 산을 넘으면 다른 산이 기다리고, 하나의 강을 건너면 다른 강이 기다리고 있었다. 아이들이 자라 이제 좀 편해졌구나 싶지만 아직도 해야 할 일들이 나를 기다리고 있다. 나를 옭아매는 의무감, 가족을 위해 끊임없이 돌봐야 한다는 의무감에 가끔은 숨이 막혀 이러다 내 영혼이 어디로 사라져버리는 건 아닐까 하는 생각에 사로잡힌다. 정신분석학자 칼 융은 이렇게 말한다.

"인생은 40세부터가 진짜 시작입니다. 40세가 될 때까지 우리는 연구하고 조사할 뿐입니다."

혼자 걷고 싶은 날, 시간에 몸을 맡기고 바람을 가르며 걷는다. 익숙한 집에서 벗어나 바람 속에 나를 맡기면 알 수 없는 해방감이 몰려와 자유로움을 느낀다. 타인이 나를 판단하거나 무시하거나 비난했던 목소리를 용서하고 내 스스로에게 힘을 부여해 살아갈 수 있는 용기 속으로 뛰어든다.

독서에 대한 몰입은 나를 해방시킨다. 독서의 시간이 쌓일수록 혼자 걷는 시간이 많아질수록 시간이라는 바람은 더 크게 나를 해방시킨다. 프랑스 자수를 좋아해 공방을 차리고, 음식을 좋아해 요리 수업을 하고, 춤을 좋아해 댄스강사가 된 여자들은 몰입의 극치를 안다. 몰입이 주는 짜릿한 흥분에 자신을 맡기고 그곳에 닿기 위해 결집시키는 것이다.

사십 이후 인생의 속도는 빨라졌다. 가족과 아이들을 돌보고 나니 이젠 하나둘 숫자놀이를 할 만큼 주름이 늘었다. 한때는 멋있게 살고 싶은 적도 있었다. 멋있게 산다는 것, 사람마다 기준은 다르겠지만 혼자 걷다가 문득 이런 결론에 이르렀다. 나로서 나답게 살아가는 것. 주위 평가에 신경 안 쓰고, 밥도 잘 하고, 반찬도 잘 만들고, 열정적으로 사랑하는 것. 그리고 무엇보다 재밌고 설레는 일을 만들어 죽을 때까지 하는 것이라고.

론다 변호주의 작가은 이렇게 말한다.

"마음으로 원하는 것을 생각하고 그것이 마음에 가득하게 할 수 있다면, 그것이 당신의 인생에 나타날 것이다."

왜 읽어야 할까. 읽는다는 것은 새롭게 태어나는 것이다. 생각해보라. 독서가 아니라면 무엇으로 다시 태어나겠는가. 독서는 행복으로 가는 길을, 생의 반전을, 시간의 혁명을 가져다줄 것이다.

무엇인가를 가지고 있는 자는

언젠가는 그것을 잃게 되지 않을까 겁을 집어 먹고 있으며,

아무것도 갖지 못한 녀석은

영원히 아무것도 가질 수 없는 게 아닐까 걱정하고 있지.

모두가 마찬가지야.

— 무라카미 하루키, 『바람의 노래를 들어라』 중에서

＊

갖고 싶은 것과, 잃고 싶지 않은 마음은 똑같다.

둘 다 간절하기 때문이다.

chapter 05

'독서공간' 어디로 마련할까

주방 옆에 딸린 몽상가의 방

브렌다 유랜드미국의 작가는 말한다.

"알겠지만, 상상력에는 시간 허비가 필요하다. 길고, 비효율적이며 즐거운 게으름, 꾸물거림, 어정거림."

주방 옆에 딸린 긴 책상 하나는 나의 이성적 몽상을 꿈꾸게 하는 곳이다. 그곳에 앉아서 가끔 말도 안 되는 상상을 하곤 하는데 가령 이런 것이다. 사람들 앞에서 강연을 하거나, 강연 스케줄에 비명을 지르거나, 저자 사인회에 늦을까 종종걸음 치거나, 나를 만나기 위해 온 사람들과 악수를 하거나, 그들과 사진을 찍거나, 커피 한잔을 나누거나, 베스트셀러 작가 반열에 오르거나, 기업체에 강연을 하거나, 나와 사진 찍자는 사람에게 하트를 보이거나, 미소를 짓거나, 그들과 이야기를 나눈다.

집집마다 영감을 주는 장소가 있을 것이다. 누군가는 베란다가 제격이고 누군가는 주방 옆에 딸린 책상에서 몽상을 꿈꾼다. 몽상은 즐거운 일이다. 설사 그 일이 이루어지지 않더라도 상상해볼 수 있다는 것은 마치 수수께끼를 풀어가는 일처럼 느껴진다.

대부분 아파트에 거주하는 우리들에게 기막힌 영감을 떠올리게 하는 장소를 찾아낸다는 건 어려운 일이다. 나무를 볼 수 있거나 바람이나 햇빛이 들어오는 따뜻한 공간에 앉아 있으면 우리의 죽은 영감은 되살아날 수 있다. 하지만 네모난 아파트에서 여과 장치 없이 윗집 아랫집에서 들려오는 서라운드 소음을 들어가며 죽은 영감을 살려낸다는 건 거의 불가능한 일일 것이다. 그렇다 치더라도 밤이 되면 마음이 편안해져 머물고 싶은 곳이 있는가.

습관적으로 그곳을 서성이고, 그곳에 있는 동안 마음이 편안하다면 그곳은 우리가 찾는 영감의 장소이다. 마음을 내려놓고 침묵 속에서 쉴 수 있는 공간은 여자에게 매우 중요한 의미를 부여한다. 일과 쉼의 경계선 없이 가족의 요구를 들어주어야 하는 우리에게 따뜻한 공간은 긴장을 풀어주며, 몸과 마음을 이완할 수 있는 해방된 곳이다. 나는 한동안 내가 사는 곳에 정이 가지 않아 영감을 주는 곳을 찾지 못했다. 열차가 수시로 지나가는 바람에 문을 열어놓으면 기차 놀이의 향연이 벌어진다. 소음이 견디기 힘들어 무의식적으로 귀를 틀어막곤 했다. 저만큼 지나가는 기차의 꽁무니를 바라보다가 기차가 징그럽게 느껴져 문을 쾅 하고 닫아버리기 일쑤였다.

목이 말라 잠에서 깬 어느 밤, 주방 옆에 딸린 작은 책상에 앉아 오랫동안 머무른 적이 있다. 편안했다. 콘크리트 벽 사이에 갇힌 집들은 하나같이 똑같은 창조물이다. 네모 아니면 직사각형. 앤드류 카네기미국의 기업인는 이렇게 말한다.

"웃음이 적은 곳에는 매우 적은 성공 밖에는 있을 수가 없다."

월요일 아침 책상 위에 내가 좋아하는 소품을 올려두고 바라보았다. 썩 괜찮은 비주얼이다. 집안 곳곳을 둘러보니 생각지도 못한 공간이 의외의 신선함으로 다가옴을 느꼈다. 지금까지 그것을 볼 수 있는 눈이 없었던 것이다. 카페트를 깔고 무심하고 시크하게 책 읽는 소녀의 명화도 올려두었다.

여자의 독서 공간 어디로 마련할까? 요즘은 베란다를 확장하여 북카페로 꾸미거나 거실을 도서관처럼 꾸미는 집이 늘어나고 있다. 책을 어떻게 진열하느냐에 따라 독서하고 싶은 욕구는 증가한다. 독서 공간이 있다면 분명히 효과가 있을 것이다. 아파트의 특성상 서재 방 하나를 마련하기 위해 가족 중 누군가의 희생을 감내할 필요는 없다는 것이 내 견해다.

여자를 위한 독서 공간 팁

① 집안에 서재를 만들 수 없다면 공간을 작게 차지하는 미니멀 책상과 의자를 들여온다. 나는 주방 옆에 가로 180센티미터, 세로 45센티미터 정도의 긴 직사각형 테이블을 들여와 냉장고 옆에 붙였다. 좋아하는 향수와 디퓨저, 오렌지색 스탠드를 올려두었더니 근사한 곳으로 탄생했는데 내 영감은 그곳에서 나올 것이다.

② 그곳을 나만을 위한 공간으로 꾸며라.

센다 타쿠야일본의 베스트셀러 작가는 "무리를 해서라도 자신만을 위한 서재를 만들라."라고 말했다. 나 역시 그렇게 생각한다. 심리적인 회복을 돕는 자신만의 공간은 타인의 기대를 벗어나 온전한 나로서 집중할 수 있다.

③혼자 있는 시간을 두려워하지 마라.

혼자 있는 시간은 고독하다. 나도 마찬가지다. 하지만 나를 포함해 혼자 있는 시간을 마주한다면 우리는 강해지고 있다는 뜻이다.

독서가 아니더라도 여자가 머무는 공간은 삶이라는 측면에서 큰 의미를 갖는다. 혼자 머무는 공간은 나와 내 가족을 위해 위로와 치유의 장소임을 깨닫게 된다.

다른 남자를 잡으라고 어머니가 바라셨네
마음속에 간직했던 그대를 잊어버리라고 말씀하셨네
그러나 그래서는 안 될 내 마음.
그러시지 말기를 어머니께 얼마나 애원했던가
허나 이젠 죄가 되었으니 나는 어쩌면 좋을까.

사랑과 기쁨 대신에 맛보는 괴로움
아아 그럴 줄 알았더라면 말라버린 들판을 헤매면서
동냥하는 아이라도 될 것을.
– 테오도르 슈토름, 「호수」 중에서

*

사랑은 타이밍이다. 이룰 수 있는 사랑도 이룰 수 없는 사랑도 이 고약한 타이밍에 따라 엇갈린다. 큐피트의 화살이 달콤하다고 누가 말했던가. 그 화살은 누군가의 생을 견디지만 누군가의 생을 고통으로 몰아 가슴을 관통한다.

chapter 06
가방에 파우치 대신 책을

행운은 백 안에서 이루어질 거야

노벨 문학상을 수상한 오르한 파묵은 말한다.

"당신 주머니나 가방에 책을 넣고 다니는 것은 불행한 시기에 당
신을 행복하게 해 줄 다른 세계를 넣고 다니는 것을 의미한다. 가방
안에 책이 들어 있는가? 혹여 들어 있지 않다면 재밌는 책 한 권을
골라 가방 안에 담아두길 바란다."

어떤 장소에 갈 때 가방 안에 책을 넣어둔다. 무료한 시간을 달래
기에 그보다 더 좋은 것은 없다. 사람을 기다려야 하거나 병원 진료
실 앞에서 한정 없이 순번을 기다릴 때 가방 안에 책이 있다면 조바
심내지 않아도 된다. 가방 안에 책이 있으면 우리는 시간이 주는 즐

거움과 기다림이 결코 조바심이 아니란 사실을 깨닫게 될 것이다.

내 가방 안에는 늘 잡다한 물건이 가득하다. 자잘한 메이크업 도구부터 선글라스, 선크림, 생수병, 간단한 간식 그리고 책 2권이 들어있다. 상황이 이러다 보니 늘 가방이 무거워 밖에 외출했다 돌아오면 오른쪽 어깨가 뻐근하다. 내가 끊임없이 바라는 건 만족감이다. 내게 주어진 시간을 허투루 쓰지 않고 매 순간 알차게 쓰고 싶은 마음이 크기에 가방에 책을 넣는다. 생에 만족감을 느끼면 매 순간마다 즐거움이 찾아든다. 기다리는 시간도 지루하지 않다. 콧노래를 흥얼거릴 수 있다. 가방 안에 재밌는 책이 있기 때문이다.

샌드위치를 만들 때, 겨울에 먹을 귤 잼이나 무화과 잼을 만들 때 가족들이 맛있게 먹을 생각을 하면 만족스럽다. 우리에게 만족을 주는 것들이 사실 멀리 있는 것이 아니라 가까운 곳에 있다는 사실은 즐겁다.

백 안에 파우치 대신 책을 담아라

독서를 시작하면서 내 가방은 자질구레한 물건과 이별하고 책을 담았다. 책을 읽기로 마음먹었더니 가방이 몰라보게 달라졌다. 책, 수첩, 볼펜, 메모지. 살면서 늘 들고 다니는 가방 안을 정리하고 바꿰볼 수 있다면 뜻하지 않은 행운을 맞이하는데 만족감이다. 물건 대신 책을 담고, 검정 옷 대신 빨강 옷을 입고, 가던 길을 옆으로 가보고, 늘 마시던 커피 대신 홍차로 바꿔본다면 우리의 만족감은 확실히 다른 차원이 될 것이다.

미국에는 맥도날드 햄버거 가게 보다 공공도서관이 더 많다고 한다. 1850년대부터 시작해 동네 작은 도서관이 1만 6천 개 정도가 넘었다고 하니 미국인들의 독서 수준을 단번에 알 수 있는 대목이다.

가방 안에 책이 있다면 시간과 장소는 당신 것이다. 즐거움과 만족감 역시 당신에게 향할 것이다. 수많은 인파 속에서 책을 펼쳐든 사람을 보면 품격이 느껴진다. 시간을 자신의 것으로 만들 줄 아는 명쾌한 사람이다. 어디서든 책을 펼쳐들 용기만 있다면 시간은 당신 편이다.

행운은 백 안에서 이루어질 거야.
언제 어디서든 책을 펼치는 그곳, 그곳으로 올 거야.

책이 내게 건넨 위로 한 줄

혼자 풀기 어려운 문제에 봉착하면

우선 잠시 멈추어

당신 안의 목소리에 귀를 기울여라.

그런 다음 신뢰할 수 있고 존경할 만한

사람을 찾아가 조언을 구하라.

마지막으로 그 조언을 당신의 것으로 만들어 행동하라.

― 김혜남, 『서른 살이 심리학에게 묻다』 중에서

＊

불안하고 막막할 때 조언을 구할 수 있는 사람을 가졌다는 건 행운이다.

하지만 조심하라.

조언을 해 주는 그 사람도 실수하는 여린 인간이라는 것을.

chapter 07
오래 묵은 책은 이사와 함께 버려졌다

사실 너에게 좀 기대해

얼마 전 〈브루클린의 멋진 주말〉이라는 영화를 보았다. 은퇴한 교사 루스와 화가 알렉스가 40년간 살던 집을 부동산에 내놓게 되면서 일어나는 에피소드를 잔잔히 그려낸 작품이었다. 계단을 오르내리기 힘들어진 노부부는 이사를 결심하고 새 집을 찾는다. 40년간 함께해 온 집은 노부부에게 사랑을 나누고 세월을 담는 그릇이었다.

우리가 사는 모습은 어떨까. 지상에 집 한 칸 마련하기 위해 평생토록 수고로움을 아끼지 않는 우리들에게 집은 영토다. 사는 곳은 신분이 되었고 어디 사는지가 계급이 된 시대를 살면서 집이 주는 의미를 떠올려 본다.

리차드 론크레인 감독의 이 영화는 집이란 추억과 사랑을 담는 그 릇임을 말해준다. 몇 번의 이사를 거치면서 콘크리트 벽 사이에 걸려있는 달님에게 소원을 빌었다.

'달님, 이 동네에 오래 살게 해주세요.'

인간의 도시에 별빛이 쏟아지면 도시를 밝히는 별들은 내 소원을 듣고 바쁘게 숨어버렸다.

서성거리네

– 정명 지음

집이 없는 자
집을 세울 수 없고
영혼이 없는 자
사랑은 가난하며
믿지 못하는 자
이곳에서 서성거리네.
까마득한 시절엔
사랑이 전부였는데

집을 세울 수 없는

그때쯤부터

사랑은 가난해졌고

나는 서성거리네.

떠나는 사람과 들어오는 사람이 공존하는 집은 점점 시름이 되었
지만 나는 깨닫는다.

그래도 잘 살아 왔다고, 살고 있다고. 살아갈 것이라고.

집에 군림하지 않고 그곳에서 일하며 오래오래 사랑할 것이라고.

상대가 나를 화나게 한다고 이성을 잃고
기분에 휩쓸려선 안 된다.
마음을 잘 다스려라
이 사람을 미워하지 말자
이 사람이 내게, 내 마음에 상처를 주었더라도
나는 계속 의연하게 굴어야 한다.
– 베르나르 베르베르, 『뇌』 중에서

*

이성을 잃고 대응하면 순간 기분은 풀린다.
하지만 시간이 지나면 내가 했던 말들은
마음속으로 들어와 더 끔찍한 방법으로 나를 침몰시킨다.

chapter 08

한 달에 나를 위한 오만 원

장바구니에 꽃이 필 거야

직장인들은 한 달 월급을 받으면 일정 부분 '자기 계발'을 위해 투자한다. 하지만 주부들이 '자기 계발'이라는 명목으로 돈을 쓴다고 하면 웃을지 모르겠다. 하지만 나를 포함해 주부, 엄마들이야말로 더 치열한 자기 계발에 노력해야 한다. 남편은 회사에서 책을 읽을 수 있는 혜택을 받고 있다. 독서를 할 수밖에 없는 상황에 있는 것이다. 상황이 이러니 내가 1년에 책 한 권 보지 않는다면 남편과 나 사이에는 결과적으로 커다란 차이가 난다.

마트에 가서 장을 볼 때 싸다는 이유로 물건을 집어 든다면 장바구니를 확인하라. '원 플러스 원'을 봤거나 오늘 사지 않으면 후회할 것 같은 충동이 든다면 장바구니를 점검해야 한다. 그 속에 당신 가슴을 두근거리게 할 물건이 아니라 내일 아침이 되면 당신을 후회하게 만들 물건을 넣었음이 분명하다. 유통기한을 넘겨버린 소스류, 며칠 지나면 물러지는 야채, 나중에 사도 될 세제류를 1+1이라는 이유로 사고 나서 후회하는 경우는 허다하다. 사람의 눈과 귀는 간사해서 뭔가 싸다 싶으면 안 사면 후회할 것 같은 기분에 사로잡힌다. 문제는 이러한 사실을 알면서 습관적으로 물건을 담는다는 것이다.

나는 자기계발비 명목으로 한 달에 3권의 책을 구입한다. 3권이라면 꽤 큰돈이 들 것 같지만 사실 장바구니에서 새는 돈을 확인한 결과물이다. 혹자는 이렇게 말한다.

"주부에게 3권이면 부담이 되지 않나요? 그것도 자기계발비로요. 도서관에서 빌리면 되잖아요."

사실 한 달에 5만 원 정도 드는 책값을 지불하기란 어려울 수도 있다. 아이들이 한창 크는 중이라면 한 달 생활비에 빠듯할 돈이다. 하지만 나를 위한 5만 원이란 돈은 결코 큰 금액이 아니다. 눈부신 미래를 위해서 괄목할 만할 성장을 가져다줄 수 있는 금액이다. 줄줄 새는 장바구니를 확인한다면 말이다. 필요하지 않은 물건에서 눈길을 거둘 때 우리의 꿈도 피어난다는 사실을 기억하면 좋겠다.

스마트한 독서인으로 태어나는 법

① 책은 되도록 사 본다.

요즘은 동네마다 작은 도서관이 늘고 있다. 그래서 굳이 책을 사지 않더라도 손쉽게 빌려 볼 수 있다. 하지만 가능하다면 책을 사 볼 것을 권한다. 빌려온 책과 비용을 지불해 산 책은 애정이 다르다. 사온 책을 당장 읽지 않는다 하더라도 언젠가 읽을 것이다.

② 점심 횟수를 줄인다.

나는 취미가 1개 늘 때마다 모임도 하나씩 늘어나고 있다. 사람 관계도 큰 재산이어서 소홀히 할 수 없지만 점심만 먹고 수다만 떠는 모임은 경계하길 바란다. 불필요한 점심 횟수만 줄여도 자기 계발할 여력은 충분하다.

③ 자신만의 책장을 만든다.

책장이 있다는 것은 여러 가지 의미가 있다. 특히 나만의 책장이 있으면 독서에 대한 의욕은 뜨거워질 것이다. 좋아하는 책으로 무게 있는 공간을 만든다.

책이 내게 건넨 위로 한 줄

살아가면서 깊이 깨달은 점이 있다면
이 세상의 모든 것은 지나간다는 것이다.
질문도 마찬가지다.
단지 지나가게 내버려두면 그만이다.
대가를 치르면서까지 대답하는 것에 몰두하진 않았다.
— 파올라 마스트로콜라, 『내가 누구인지 몰라도 괜찮아』 중에서

*

다 지나간다. 다 지나간다.
죽을 것 같은 사랑도, 고통도, 아픔도, 실패도 지나간다.
그러니 맞서려 하지 말고 어서 지나가기를 속으로 기다릴 뿐.

chapter 09
딸기잼을 휘젓고 있는 사이

내가 원한다면

남편하고 함께 있으면 적잖이 신경이 쓰인다. 무언가 해줘야 할 것 같고 해주지 않으면 알 수 없는 죄책감이 든다. 누가 내게 그런 감정을 가지라고 강요한 것도 아닌데 내 몸과 마음은 자동화된 로봇 같다. 평생을 손꼽아 남편이 내게 식사를 차려준 경우는 다섯 번도 채 되지 않을 것이다. 그에 비해 20년간 가족의 식사를 챙기면서 어쩌다 한 번 하지 못할 경우 저 밑바닥에서 밀려오는 죄책감은 누가 만든 것이며 도대체 나는 왜 느껴야 할까. 언제부터인가 정체성에 혼란이 오고 있다.

처음 김형경 작가의 애도 에세이를 읽었을 때 많은 부분이 공감되었다. 작품이 좋아 마음이 치유되는가 싶더니 이내 다른 작품도 읽고 싶다는 충동이 일었다. 작가의 다른 작품을 찾아 읽으며 작가의 내면을 따라가는 것이 흥미로웠다.

한 작가의 작품을 읽고 다른 작품을 찾아가는 것은 큰 나무에서 뻗어나간 줄기를 찾는 과정이다. 그것은 독서에 대한 몰입도를 높이며 사고를 확장시킬 수 있는 효과적인 방법이라고 생각한다.『좋은 이별』을 시작으로『남자를 위하여』,『천 개의 공감』을 읽을 때 내가 마치 마라톤 경기를 펼치고 있다는 생각이 들었다. 나는 주의가 산만한 편이다. 휴대폰을 붙잡고 청소기를 돌리고, 아이에게 소리를 지르면서도 가스렌지에 찌개를 끓인다. 관심사가 많아 호기심이 널뛰기를 한다. 세상 밖으로 갓 나온 스무 살처럼 말이다. 성급하고 덤벙대는 실수를 독서를 통해 다듬었다. 조금 진지해졌다고나 할까.

이제는 실수를 줄이며 시간 허비를 최대한 안 하려고 한다. 적당한 거리감은 부부 사이에서도 윤활유 역할을 한다. 인간관계의 다툼은 너무 친밀해서 친밀함이 도가 넘기에 생기는 일이 아닐까 생각한다. 이따금씩 새롭게 느끼는 한 가지는 관계의 거리감이 적당할수록 더 오래간다는 사실이다. 정체성의 혼란도 상당 부분 거리감과 연관이 있음을 깨닫게 되었다. 혜민 스님은 사람을 대할 때 한 명 한 명마다 난로 다루듯 해야 한다고 말씀하셨다. 그러면 뜨거워서 화상을 당할 일도 멀리해서 존재가 잊혀질 일도 없다고 말이다.

관계의 거리감은 삶의 지향점과 맞닿아 있다. 한 손으로는 딸기잼을 휘젓고, 한 손으로 책을 보면서 주방에서 일을 한다. 달달한 디저트를 맛보는 것처럼 중간중간에 책을 읽는다. 독서를 통한 내 변화를 꼽으라면 부정적인 생각에 매몰되지 않는 힘을 배웠다는 점이다. 나조차 알 수 없는 부정적인 감정이 밀려오면 그것을 쫓아내버리기 위해서 심호흡을 한다. 상황을 큰 틀에서 바라보고 관점을 바꿀 수 있는 힘은 독서에서 나온다.

책이 내게 건넨 위로 한줄

행복은 그럴만한 자격이 있는 사람에게만 찾아온다.
먼저 타인을 돕는 도덕적으로 뛰어난 인간,
함께 살 준비가 된 선한 인간이 되어야 한다.
인간의 행복은 선에서 나온다는 아리스토텔레스의 주장처럼
우리는 남을 도울 때 행복해진다.
- 호아킴 데 포사다, 『난쟁이 피터』중에서

＊

택시 운전사에서 하버드 로스쿨을 나온 변호사가 되기까지
호아킴 데 포사다가 졸업식 축사에서 후배들에게 들려준 한 문장,
"저를 바꾼 것은 한마디로 정리하면 '목적의 힘'이었습니다."

chapter 10

~하면 책을 많이 읽을 텐데

행운은 누구에게 와줄까?

내 서재가 있으면 책을 많이 읽을 텐데….

돈을 많이 벌면 휴가를 떠날 텐데….

새로운 사람을 만나면 사랑할 텐데…..

형편이 되면 효도를 할 텐데….

모두 다 거짓말이다. 우리는 완벽한 조건이 갖추었을 때 할 수 있다고 생각한다. 물론 형편이 안 돼서 다음으로 미루어둔 일은 있을 것이다. 하지만 완벽한 조건을 만든 후 '이제 좀 해볼까.'하는 일들은 마음처럼 쉽게 되지 않는다. 그것이 인간의 속성이라면 속성이다. 그러니 사랑이든, 독서든, 효도든, 휴가든 나중으로 미루지 말고 할 수 있는 선에서 지금 당장 시작해야 한다.

  친구는 이혼 직후 여행에서 돌아왔다. 얼굴이 한결 밝아 보였다. 확실하게 알 수 없지만 형언할 수 없는 여유와 자유로움이 느껴졌다. 음악 소리가 들리고 이제야말로 사진을 찍을 수 있을 것 같다고 말했다. 언니의 도움으로 작은 스튜디오를 오픈했다. 그녀의 남편은 소위 말하면 상남자였다. 거침없고 대담하고 저돌적이었다. 그녀가 음악을 크게 틀어 놓고 머리를 저으면 시끄럽다고 소리를 꽥꽥 질러대며 나가버렸다. 다이나믹하고 흥미진진한 일들이 결혼 생활 내내 일어났고 그것이 그녀의 삶을 바꿀 수 있는 계기가 되어주었다. "내 스튜디오가 있다면 행운이 와줄까?" 그녀가 말했다. 모르긴 몰라도 행운은 그녀에게 와 줄 것이다.

  삶이란 측면에서 카메라를 줌 아웃zoom out으로 보면 모든 것이 아름답다. 하지만 줌 인zoom in으로 당겨보면 아프지 않은 인생이란 없는 것 같다. 여행을 떠나기로 한 날 비행기는 취소되고 효도하겠다는 부모님은 병원으로 옮겨진다. 저 모퉁이를 돌아 어떤 일이 일어날지 아무도 모르는 것이 인생이다.

"소설 한 편을 쓰는 건 그리 어렵지 않습니다. 뛰어난 소설 한 편을 써내는 것도 사람에 따라서는 그리 어렵지 않습니다. 그러나 소설을 지속적으로 써낸다는 것은 상당히 어렵습니다. 그건 아마도 '재능'과는 좀 다른 것이겠지요."

– 무라카미 하루키, 『소설가는 포용적인 인물인가』 중에서

무엇인가를 지속적으로 해내는 것 그리고 그것을 뒤로 미루지 않으며 천천히 돌탑을 쌓아올리는 것에는 사랑이 필요하다. 잔머리를 굴리는 영악함으로는 도저히 따라잡을 수 없는 기다림이 있어야 한다. 행운은 그런 사람에게로 돌아간다. 지금 해보겠다고 손을 드는 사람, 자신의 삶에 질문을 던지고 용기 있게 살아가는 사람에게로 말이다.

머리는 살고 있지만 가슴이 죽은 사람들은 나중으로 미룬다. 그리고 또 미룬다. 그러니 오늘 당장 전화를 걸고, 안부를 묻고, 사랑한다고 말하라. 당신이 머뭇거리는 사이 생의 시간은 흘러가고 있다.

책이 내게 건넨 위로 한 줄

제가 당신에게 평생 동반자로서 또 동지로서 특권을

누릴 수 있어서 당신에게 감사드립니다.

또한 性이 아니라 브라흐마차랴자기통제력를 바탕으로

세상에서 가장 완벽한 결혼 생활을 할 수 있어서 감사드립니다.

인도를 위해 바친 당신의 삶에서

저를 당신과 동등한 존재로 생각해준 것에도 감사드립니다.

당신이 도박과 경마에 빠지거나,

여자, 술, 노래에 시간을 허비하거나,

아이들이 장난감에 쉽게 싫증을 내듯이

부인과 자식들에게 싫증을 느끼는

그런 남편들과는 다른 분이었음을 감사드립니다.

—파라마한사 요가난다, 『영혼의 자서전』 중에서

*

남편 간디에게 카스투라바이 부인이 헌정한 글에는 감사함이 넘친다.
나는 이 글을 몇 번 읽으면서 침묵하고 말았다.

chapter 11

열 권 정도 쌓아두고 읽을 때

결혼하면 남자는 효자가 된다

결혼하더니 남편이 효자가 되었다. 결혼 전 그는 효자가 아니었다. 간신히 자기 몸이나 챙기는 사람이었다. 아니 자기 몸도 챙기지 못해 비틀거리는 날들이 많았다.

왜 결혼하면 남자들은 하지도 않던 효도를 하려 들까. 왜 효도를 하라고 말할까. 내 부모보다 자신의 부모를 살뜰히 챙기는 모습이 익숙하진 않지만 나이 들수록 가슴이 따뜻해지고 있으니 다행스럽다. 사람의 가치관이 하루아침에 바뀔 순 없지만 시련 앞에서 바뀌기도 한다. 전보다 더 남편이 행복하다면 그것으로 된 것이다.

독서의 '크로스 리딩cross-reading 기법'은 한꺼번에 여러 권의 책을 쌓아두고 읽는 독서법이다. 사실 나는 이런 독서법이 있는지는 잘 모르겠다. 하지만 처음 독서를 시작하면서 한꺼번에 많이 읽을 욕심에 이런 방법을 쓰곤 했는데 꽤 즐거운 독서법이었다. 눈앞에 여러 권을 쌓아두고 독서를 쇼핑하듯이 즐기다 보면 일상 속에서 즐기는 독서의 매력에 빠진다. 마치 운동에 중독을 느끼는 것처럼 독서에도 중독이 있다는 걸 실감할 것이다. 그 중독은 비약적인 발전을 가져온다. 독서에 가속도가 붙으며 하루만 걸러도 뭔가 허전함을 느끼게 된다. 소설은 중간에 맥이 끊기지만 에세이나 자기계발서들은 쌓아두고 읽는 게 가능하다. 여러 권을 쌓아두고 읽으면 두뇌 회전이 빨라지는 걸 경험할 수 있다.

신문을 읽을 때 1개의 신문보다 몇 개의 신문을 크로스해서 읽으면 한꺼번에 더 많은 정보를 얻을 수 있는 이치와 같다. 머릿속에 방 하나가 있다고 치자. 하나의 방에 여러 개의 방을 만들어 이 방 저 방을 옮겨다니는 정보의 효과를 얻을 수 있다. 물론 이러한 독서법이 누구에게나 맞지는 않을 것이다. 맞는 사람도 있고 맞지 않은 사람도 있을 테지만 한번 시도해본다면 지금까지와는 전혀 다른 독서의 재미를 느낄 것이다.

할 일 목록이 머릿속에 가득 차 있을 때 여자들은 스트레스를 느낀다. 특히 내가 행복하지 않다면 아무리 기분 좋은 시댁일이라도 스트레스로 작용할 것이다. 스트레스 없는 삶이란 존재하지 않겠지만 스트레스를 줄여주는 방법들, 이를 테면 책을 몰아서 읽는 것도 적잖이 즐거움을 줄 수 있는 방법이다.

내가 경험한 '크로스-리딩' 독서의 효과에 대해서 적어본다.

<u>첫째, 더 많은 양을 독서할 수 있다.</u>

정해진 시간이 한정되어 있고 더 많은 독서에 몰입하기에 효과적이다. 재테크에 관련된 책을 읽을 경우 부동산, 주식, 땅 등 관련된 분야의 책을 가져와 읽어보는 식이다. 이럴 때 한 권을 붙들고 있는 것보다 여러 권이 효과적이다.

<u>둘째, 정보의 힘이 커진다.</u>

하나의 불쏘시개가 점화하는 순간 한꺼번에 불꽃은 터진다. 독서의 효율성은 이렇게 갑자기 용량이 늘어나는 것이다.

<u>셋째, 사유의 힘이 커진다.</u>

생각이 확장되며 의식이 커지는 경험을 할 수 있다. 시집을 열 권 읽을 때가 있었다. 이것저것 번갈아 보며 읽는 재미가 쏠쏠했는데

다양한 디저트를 맛보는 것처럼 집중하게 되었다. 내가 책을 곧 내게 되었다는 소식을 전하자 남편이 내게 말했다.

"이제는 당신의 꿈을 실현시킬 때지!"

오랜 결혼 생활 동안 남편이 이런 말을 해주리라 상상해보지 못했는데 인생을 돌고 돌아 변화가 시작되었다. 사랑은 상대의 있는 그대로를 인정하고 존중할 때 내 인생도 채울 수 있다는 것을 알게 되었다.

청년: 인정 욕구를 부정한다고요?

철학자: 타인에게 인정받을 필요가 없다는 말일세. 도리어 인정받기를 바라서는 안 되네. 이 점을 짚고 넘어가지 않으면 안 되겠군.

청년: 아니, 무슨 말씀을 하시는 거예요! 인정 욕구야말로 우리 인간에게 살아갈 힘을 주는 보편적 욕구 아닙니까!

— 기시미 이치로·고가 후미타케, 『미움 받을 용기』 중에서

*

칭찬을 해주면 기분이 우쭐하다. 설사 빈말일지라도 말이다.

하지만 인정은 타인의 기대를 충족시켜야 한다.

건강한 인정이란 '내가 나를 인정해주는 것'이다.

chapter 12

책값, 비싸지 않습니다

너에게 고맙다 책에게 고맙다

세네카는 말한다.

"인생은 짧은 이야기다. 중요한 것은 길이가 아니라, 가치다."

모든 물건엔 '가치'가 담겨 있다. 책의 가격을 '가치'라는 측면에서 생각해본 적이 있는가? 나는 종종 물건을 살 때 '이 가격이 이 제품에 합당할까?'라는 생각을 해본다. 카페에서 커피값을 내고, 음식점에서 식사값을 지불할 때, 옷가게에서 옷을 사면서 '내가 그것을 만들었다면 얼마를 책정해야 할까?'하는 다소 엉뚱한 상상을 해본다. 물건에 담겨 있는 가치를 생각하기 때문이다. 사람들은 유독 책값에 대한 가치에 대해 부정적인 것 같다. 나 역시 한때 그런 마음이 없었다면 거짓말이다. 그러나 책을 보면 볼수록 책의 가치에는 그 어떤 물건과도 비교할 수 없는 오묘함이 들어있다.

커피나 음식은 한번에 소비되지만 책은 영원토록 남는다는 점이 오묘하다. 책 속에서 나 자신을 만나고 대화하는 일들이 무의식 깊은 곳까지 닿아 나를 치유해준다는 점 또한 불가사의하다. 책은 그 가치를 논하기 힘들다. 커피값이나 밥값과는 다른 논하기 힘든 절대 가치가 있다. 책이 단순히 지식을 전달하는 역할만 한다고 생각한다면 오산이다. 책은 한 사람의 영혼을, 한 사람의 가치관을 만들어내 더 높은 곳의 경지에 이를 수 있도록 돕는다.

아내를 소중히 여기는 남자들에게는 한 가지 공통점이 있다. 아내의 자유로운 의지를 돕는다는 것이다. 아내가 하려는 것을 방해하지 않고 자유 시간을 허락한다. 커피를 마시든 드라마를 보든 여행을 떠나든 낮잠을 자든 그것은 아내의 선택이며 그 선택을 존중한다. 일본은 세계 최고의 독서력을 자랑하는 나라이다. 독서가 국민을 부강하게 할 수 있을까? 독서가 한 나라의 힘을 키울 수 있을까? 나는 그렇다고 생각한다. 인간이 할 수 없는 일을 기계가 하지만 기계가 할 수 없는 일들은 인간이 한다. 그런 의미에서 아무리 인공지능의 시대라 하더라도 지식이 지혜로 넘어가기엔 분명 한계가 있다.

새뮤얼 스마일즈의 『자조론』이란 책에 이런 구절이 있다.

"좋은 책은 좋은 친구가 될 수 있다. 그것은 과거에도 그랬고 지금도 그러하며 앞으로도 그럴 것이다."

좋은 책은 참을성 있고 기분 좋은 친구 같다. 좋은 책은 등을 돌리지 않는다. 반드시 열매를 딸 수 있도록 돕는다. 책은 읽은 후에 사라지거나 버려지는 물건이 아니다. 그 자리에 남아 영혼을 채운다.

아이를 키워내는 일이 꼭 엄마의 몫이었다면 나는 아이를 낳지 않았을 것이다. 아이는 당연히 남편과 함께 돌보고 키우는 것이라 생각했다. 시대가 변했는데 지금도 아이 키우는 것이 엄마의 당연한 몫이라 여긴다면 아내의 동의를 구해야 할 것이다. 사람마다 의견은 분분하지만 육아에 대한 문제를 피할 순 없다. 가끔 아이에게 관심 없던 남편이 아빠 노릇 좀 해보겠다며 발 벗고 나설 때 이런 기분이 든다.

'당신에게 고맙지만 그냥 지켜봐줘!'

내겐 매혹적인 책이 있기 때문이다.

인간의 앞모습은 공격적으로 보이지만
뒷모습은 쓸쓸하다.
체형과 관계없이, 나이, 성별과 관계없이,
부위와 관계없이 이것은
인간이 가진 공통된 두 개의 운명이다.
— 박범신, 『하루』 중에서

＊

인간의 역사는 다 똑같다.
줌 아웃zoom out으로 볼 때는 아름답지만
줌 인zoom in으로 보면 서글프다.

chapter 13

오래된 책의 냄새

오래된 고서의 냄새가 좋아

직장 생활을 하다가 일을 놓으니 가장 먼저 찾아든 감정은 내 가치였다. 더 이상 회사에 나갈 일이 없어지자 나보다 더 불안한 모습을 보이던 아이가 말했다. "우리 엄마 회사 나갈 때 멋있었는데." 정장을 입고 구두를 신고 화장을 한 내 모습을 보다가 츄리닝 바람으로 아이를 배웅하자 그런 말을 했던 것으로 기억한다.

쓸모없는 사람이라는 기분은 사람을 위축시킨다. 큰 죄를 지은 것도 아니고 일을 잠깐 놓은 것뿐인데 우리 스스로를 위축시키는 거대한 죄의식이 앞에 펼쳐진다. 남자들은 퇴직해 집에 있으면 삼시 세끼를 먹을 때 기분이 묘하다고 한다. 하지만 나는 평생토록 묘하고 모호한 기분 속에 살았다. 좋은 엄마가 되지 못할 때, 좋은 아내가 되지 못할 때 그 누구도 부여하지 않은 가치라는 감정 속에서.

아이를 키운다는 건 책임감과 의무였지만 주부라는 연차가 늘어날수록 나 자신에 대한 긍지는 비밀스러운 일들이 되고 있다. 어느 쪽이든 엄마는 피곤하다. 직장과 가정 사이에서 효과적인 삶으로 나아가기 위한 갈등이 존재한다.

누군가 내게 "요즘 뭐해?"라고 물으면 갑자기 쓸데없는 자격지심이 느껴져서 순간 딜레마에 빠진다. 내 삶을 남편이나 아이에게 의존하고, 그러다 보니 내가 없어져 닳아져버린 느낌, 채울 수 없는 욕구와 욕망 사이에서 평생토록 나 아닌 가족을 돌보는 것이 과연 합당한 일일까?

지인 집에 초대되어 갔을 때 커다란 책장 앞에서 오래된 고서들에 반해버렸다. 거실을 떡 하니 차지하는 TV나, 비싸 보이는 소파 대신 가족이 읽는 책장 속 책들에서 바쁘고 부지런한 지인의 손길이 느껴진다.

"이런 책들을 어디서 구해? 그리고 어떻게 보관하는 거야?"

낡은 책방에서나 찾을 수 있는 귀한 책들이 책장에 잘 배치되어 있었고 예쁜 가족사진이 가지런히 올려져 있었다. 그러자 지인이 이렇게 말했다.

"나는 오래된 고서의 냄새가 좋아. 그래서 보관하는 거야."

우리는 집 안에 물건을 채운다. 오래된 물건은 뒤로 밀려나고 새로운 물건이 집으로 온다. 책장은 그 집안의 성소다. 한 가족의 역사를 고스란히 보여준다. 책장은 그 집안의 축소판이다. 가족의 지나온 삶과 살아갈 모습을 보여준다.

풍물 시장엔 진귀하고 오래된 물건이 많다. 오래되었다는 것은 시간을 거슬러왔다는 것이다. 옛것과 새로운 것이 시간과 함께 묻어있다. 시간의 향기를 품은 고서가 아름다운 이유는 이 때문일 것이다. 책장에서 발견한 오래된 책.

미치 앨봄의 『모리와 함께 한 화요일』을 꺼냈다. 루게릭병에 걸려 얼마 남지 않은 생을 남겨둔 은사 '모리 교수'와 주인공 미치가 뒤늦게 만나 재회하며 '죽음'이라는 질문에 화두를 던지는 이 책은 생의 마무리에 대해서 말해준다.

자신을 치유할 수 있는 힘은 독서에서 나온다. 모호한 내 가치를 긍정할 수 있는 힘 역시 독서가 아닐까 생각한다. 정체성이 흔들릴 때 책속으로 깊이 들어가라. 그러면 단단하고 당당한 나의 정체성은 더 크게 내 앞에 돌아올 것이다.

책이 내게 건넨 위로 한 줄

상처 받고 싶지 않은 마음과
상처 받을 수밖에 없는 현실이
맞부딪칠 때 나는 책을 읽는다.
철저히 외로워지도록,
내 안에 꽁꽁 유폐된 나를
아무도 발견할 수 없도록
– 정이현, 「작별」 중에서

*

참을 수 없는 삶의 무게를 견디어야 할 때
나는 책 속으로 숨는다.

chapter **14**

책을 읽어 주는 사람

너에게 책을 읽어줄 때

나는 가끔 아이에게 책을 읽어달라고 부탁한다. 특히 잠이 오지 않을 때 책을 읽어주면 작품에 완전히 사로잡힌다. 음독이 들려주는 독서의 매력은 아낌없이 베푸는 엄마 목소리처럼 깊이 빠져들게 한다. 아이가 읽어주는 목소리를 따라 내용을 상상하면서 듣는 음독의 즐거움은 기억에 오래도록 남는 즐거운 독서법이다.

익숙한 목소리는 상상의 나래를 펼치게 한다. 특히 소설을 읽어줄 때 그렇다. 스토리를 따라가며 소설 속 주인공과 하나가 된다. '어떤 결말이 날까?' 하고 생각해보는 것도 흥분된다. 아이들이 어렸을 때 품속에 아이를 안고 동화책을 읽어주었다.

"오솔길 사이로 시냇물이 흐르고 하늘에 뭉게구름이 피어오르면 솜사탕이 내게로 와서……."라고 읽어줄 때쯤 아이가 잠들어버렸다. 엄마의 목소리가 마술을 부리고 마법을 부린 것이다. 이 시를 소리내어 읽어보라.

사탕이 녹는 동안, 한 세상이 지나간다.
오래된 표지를 넘기면 시작되는 결말,
너는 그것을 예정된 끝이라고 말하고
나는 여정의 시작이라고 옮긴다. 새로운 이야기가 시작될 거야.
어디서든 어떻게든. 등 뒤에서 작게 속삭이는 사람들,
멀리 있는 사람들, 그것이 인생이라고 노래 부르는 사람들,
새롭지는 않았으나 아는 노래도 아니었다.
다만 열꽃을 꽃이라 믿던 날들을 돌이키며
각자의 목소리에 귀기울일 뿐.
– 김선재, 『사탕이 녹는 동안』 중에서

소리내어 읽으면 속으로 읽을 때와 분명 다른 느낌을 받을 것이다. 생동감이 느껴지고 입속에서 사탕을 굴리고 있는 듯한 느낌에 빠져들 것이다.

소리내어 읽는 독서는 듣는 이에게 에너지를 전한다. 흥얼거리는 노래처럼 상대에게 전해진다. 너에게 책을 읽어줄 때 사랑은 꽃핀다. 음독은 온기다. 목소리를 통해 따뜻한 바이러스가 퍼져나간다. 나는 기회가 된다면 요양병원이나 시니어들이 모이는 곳에서 '작은 독서교실'을 열고 싶다. 음악처럼 소설 작품을 목소리로 들려준다면 얼마나 싱그러울까. 목소리를 통해 추억을 불러오고 목소리를 통해 생의 갈망하는 것에 가 닿을 수 있다면 위로는 찬란할 것이다.

인생이 깨어나게 하기 위해선 도전에 부딪쳐야 한다는 사실을 깨달았다. 집을 떠나고 여행을 떠나기 전 가장 먼저 할 일은 '자신'과 정면으로 마주서는 것이다. 그러면 원하는 것이 수면으로 떠올라 깨닫게 된다. 삶의 본연에서 내가 원하는 것은 거창한 것이 아니라 살아 있음으로 느낄 수 있는 소소한 일상이라는 것을.

책이 내게 건넨 위로 한 줄

일은 어느 정도 마음에 흡족하다고 생각할 때
그만둘 줄 알아야 하고,
말은 자기 마음에서 흡족하다고 생각할 때
멈출 줄 알아야 한다.
그렇게 하면 허물과 후회가 자연히 적어질 것이다.
어디 그뿐이겠는가?
그 속에 담긴 의미가 또한 무궁할 것이다.
– 신흠, 『숨어 사는 선비의 즐거움』 중에서

＊

때론 침묵이 약이 될 때가 있다.
폭포수처럼 쏟아낸 말들은 울림이 없다.
적당한 선에서 멈출 줄 아는 말과 행동은
그 사람을 크게 보이게 한다.

3

책,

그들이
내게 주는
위로

chapter 01

상상력은 독서에서 나온다

상상하는 일들은 매일 있어

획일화된 스펙은 한물갔다. 물론 개인의 역량을 무시할 순 없지만
역량과 더불어 스토리와 자신만의 강점이 부각되는 시대이다. 기업
과 학교에 블라인드 채용이 보편화되어가고 개인의 인성이나 자질
을 평가하려는 항목이 늘어나고 있는 추세이다. 최근 기업은 전공과
상관없이 다방면의 경험을 거친 자신만의 강점이 있는 인재를 원한
다. 그것은 차별화된 상상력이다.

자신만의 색깔을 입힐 수 있는 상상력이 가미된다면 그것은 누구
도 흉내 낼 수 없는 강력한 무언가가 될 것이다. 아이를 키우는 입장
이다 보니 '어떻게 상상력을 키워줄까? 키워줄 수 있을까?'하는 고
민에 빠진다. 하지만 아이들의 초중고 시절은 상상력을 만들어내기

에 여의치 않은 다양한 요소들이 숨어 있다. 그중 아이들의 상상력을 가로막는 가장 큰 장벽은 입시라 생각한다.

교과와 관련 없는 책 한 권 읽기에 마음이 편치 않는 아이들, 재미있는 만화라도 읽을라치면 엄마의 눈치부터 살피는 아이들에게 상상력을 기대하기란 얼마나 어려운 일인지…. 하지만 이것이 현실이다. 어린아이들조차 스케줄이 어른 못지않다. 아이 힘에 부치는 하루 일과를 소화하면서 아이들의 상상력은 저만큼 달아나버린다. 이 학원 저 학원을 맴돌다 저녁 늦게야 집으로 돌아오는 아이들, 공부가 행복을 보장하지 않는다는 걸 알면서 우리는 그래왔고 지금도 여전히 그러하다. 책이 우리에게 소리 없는 기여를 하는 것 중에 나는 상상력을 예견한다.

비단 아이들뿐만 아니라 어른인 우리에게도 상상력은 독서를 통해 나온다는 사실은 이미 여러 매체에서 확인된 바 있다. 사실 상상력은 매일 있다.

"전요, 뭔가를 즐겁게 기다리는 것에 그 즐거움의 절반은 있다고 생각해요. 그 즐거움이 일어나지 않는다고 해도 즐거움을 기다리는 동안의 기쁨이란 틀림없이 나만의 것이니까요."

— 루시 몽고메리, 『빨강머리 앤』 중에서

상상력이 요구되는 시대, 상상력이 돈이 되는 시대다. 상상력이 가치라는 것과 결합할 때 나타나는 시너지는 설명할 수가 없다. 미래 사회는 상상력을 빼놓고 말할 수 없다. 상상력은 돈이기 때문이다.

우리 아이들이 독서와 멀어지는 게 안타깝다. 우리 아이들이 상상력을 잃어버려서 안타깝다. 발휘하기 전에는 무형이지만 발휘하고 나면 상상력이 주는 힘의 실체에 대해서 알 것이다. 그나마 최근엔 작은 도서관이 생겨나고 있어서 다행이다.

우리의 아이들이 각자의 색깔을 가지고 상상력을 발휘해보길 기대한다. 그래서 저 바다에서 고래떼 등에 올라타 바다 속을 탐험하는 상상을 해볼 수 있다면 뛰어난 상상가나 모험가가 되지 않을까?

독서로 무장한 그들, 대표적인 인물을 몇 명 열거해보자면 스티븐 스필버그, 오프라 윈프리, 베르나르 베르베르, 버락 오바마, 김대중 대통령 등등. 그들이 독서를 통해 발휘한 상상력은 사회를 구했고, 작품을 썼고, 기술을 진전시켰고, 나라를 이끌었다.

잊어버리는 것과 용서한다는 것의 차이가 뭔데?

용서를 하면 모든 것을 다 잊어버리죠.

하지만, 용서를 하지 않고 그냥 잊어버리기만 하면

종종 그 일을 다시 기억하게 돼요.

– 조제 마우로 데 바스콘셀로스, 『나의 라임 오렌지 나무』 중에서

*

어디서 들었을까.

얼마 전 기차 안에서 두 여자가 나누던 대화.

잊어! 잊어!

깨끗이 잊어버려!

용서란, 때로 통쾌하고 명쾌하다.

chapter 02

삶이 힘들다면 위인전을

파란 달이 뜨는 달

    운이 좋다면 피해갈 것이다. 하지만 나를 포함해 내 자존감을 파먹는 사람들은 가까이 있다. 그들은 가족이거나 형제거나 동료거나 아니면 이웃집 아주머니가 될 수도 있다. 나는 시금치를 싫어하지 않았다. 오히려 좋아했다. 하지만 결혼 이후 시금치가 싫어졌다. 대한민국에서 며느리라는 이름만큼 과도한 의무를 부여받는 이름이 있을까?

    가정이라는 보금자리를 틀고 똑같은 출발선 위에서 마라톤을 시작했지만 며느리와 사위의 간극을 메운다는 건 실로 엄청나게 어려운 일이란 걸 깨달았다. 나는 시부모님을 사랑했다. 하지만 사랑하면 할수록 의무는 과도해지고 어느 날은 누군가 내 발목을 잡고 늘어지더니 물귀신 놀이를 하자며 덤벼들었다.

유능한 사람들 중에도 자존감을 파먹는 사람은 주위에 가득하다. 남에게 인정받고 해내는 일은 많지만 치명타를 날리는 주위 사람들 때문에 안간힘을 쓴다.

"네 자존감을 파먹을 테야."

"우린 가족이잖아요."

나는 시금치를 싫어하는 '을'이다. 가족이지만 가족이 아닌 것 같은 어정쩡한 주변부에서 어쩌다 같이 사는 남편이 남의 편이 되어버리는 날 시금치가 더 싫어진다. 파란 달이 뜨는 날이면 부엌에 쪼그려 앉아 소심한 투쟁을 이어가기도 한다.

위인전은 초등학생만 읽어야 한다는 선입견이 있다면 깨트리길 바란다. 위인전을 읽으면 군침을 흘리는 사람들을 어떻게 상대해야 하는지 해결책들을 찾을 수 있다. 가정에서, 직장에서, 학교에서 소리 없이 자존감을 파먹는 사람들에 대해 어떻게 대처해야 할지 답이 나와 있다.

이순신을 읽으면 용맹성을 배울 것이고 신사임당에게서는 어려운 시절을 헤쳐 나간 그녀의 지혜로움에 대해서 한 수 배울 것이다.

삶의 우선순위는 시련을 맞이하면 재배열된다. 나의 우선순위는 가족이었다. 하지만 지금은 '내'가 먼저다.

나의 사랑이, 나의 행복이, 나의 건강이, 나의 즐거움이, 나의 기쁨이 먼저다.

내가 행복하고 건강하지 않으면 나에게 속한 가족이 결코 행복하고 건강할 수 없다는 사실을 깨달았다. 가족이라는 이름으로 인연을 맺은 사람들 그들이 누구이든 존중 받아 마땅하다. 주변부가 아닌 센터에서 그들의 삶을 보듬고 위로하며 함께 걸어갈 때 행복은 찾아온다.

실존하는 인물들이 마치 살아 있는 듯한 위인전은 신비로움이 가득하다. 생이 고단하다고 여겨질 때 많은 도움을 줄 수 있는 장르다. 여러 가지 문제에 해결책을 제시할 것이다.

내일은 런던 도서관에 가야지. 어쩌면 뭔가 멋지고 도움이 될 수 있는 훌륭한 책을 발견할 수 있을 거야. 아무도 들은 적이 없는 목사님이 쓴 책이나 미국인이 쓴 책 같은 거. 아니면 스트랜드 거리를 걷거나, 우연히 한 홀에 들렀을 때 광부가 갱도 안의 삶에 대해 이야기를 한다면 나는 순간적으로 다시 태어나게 될 거야. 완전히 딴 사람이 될 거야.

─버지니아 울프, 「새 드레스 The new dress」 중에서

*

도서관엔 마법을 부리는 요술사들이 많다.

가끔은 나를 딴 사람으로 만든다.

'비전'을 포기하지 않는다면 더 많은 마법사들이 요술을 부릴 것이다.

chapter 03

당신이 가난뱅이로 태어났더라도

퇴근 후 어디를 향하는가

동작대교 구름카페에 가면 한강의 노을을 볼 수 있다. 서울 하늘 아래 이렇게 멋진 풍경이 있을까? 커다란 책장이 비치되어 있는 그곳은 사계절 한강을 들여다보기에 제격이다. 하늘과 바다와 착한 물오리들이 떼지어 지나가는 모습을 물끄러미 바라볼 때면 잠자는 호기심이 발동한다. 하늘의 기운과 강의 기운이 모여 알 수 없는 신성한 길을 안내해줄 것만 같은 곳이다.

4층에 올라가면 2,000여 권의 책이 비치되어 있는데 도서를 무료로 볼 수 있는 장점이 있다. 정말 둘러보면 독서 환경이 날로 발전하고 있다는 점은 즐거운 일이 아닐 수 없다.

독자인 우리들은 다양한 경험을 즐길 수 있고 다채로운 책들을 구경 할 수 있으니 말이다. 기업과 출판사, 카드사, 작가가 영역에 상관없이 협업하는 일들이 늘어나면서 책은 우리에게 나침반 역할을 하고 있다. 작가 괴테는 말한다.

"꿈도 못 꿀 일들이 일어난다."

우울증의 빈도가 특히 여성에게서 많이 일어나는 이유는 '꿈'과 밀접한 관련이 있다는 내용을 어느 신문에선가 읽은 것 같다. 나는 계절이 바뀔 때마다 경미한 우울감을 느낀다. 몸과 마음이 처지고 오래도록 앉아 멍 때리는 일들이 많아진다. 특히 가을에서 겨울로 넘어갈 때 더 뒤엉킨다. 오래전 누군가 내게 야유를 보내며 하던 말이 되살아나 참을 수 없다거나 늘 하던 집안일들이 버겁게 느껴지고 사람 만나기가 귀찮다.

그러다가 가을에서 겨울로 넘어갈 때 집안에 틀어박혀 혼자만의 시간에 빠지곤 한다. 프로이트의 정신분석학을 읽지 않더라도 여성의 대다수가 우울감 속에서 살아간다. 좋았다 싫었다 기뻤다 슬펐다 교대로 변덕을 부리는 날씨처럼 말이다.

나는 한때 비난에 대한 두려움이 컸었다. 엄마, 아내, 며느리라는 이름이 무거워 사력을 다해 해내면서도 행여 나쁜 사람 소리 들을까

봐 쉽사리 내 목소리를 내지 못했다. 그렇게 꿈이 멀어졌고 꿈을 잃어버렸다.

고등학교 때 읽은『갈매기의 꿈』을 다시 한 번 읽게 되었다. 주인공 조나단이 평범한 갈매기들과 달리 다른 세계를 찾아 떠났다 돌아오는 이야기는 여고 때 읽었던 느낌과는 사뭇 달랐다. 먹는 것이 중요한 게 아니라 나는 것이 중요했던 조나단, 날기 위해 죽을 힘을 다하지만 번번이 바닥으로 내팽개쳐졌다. 꿈을 포기하려는 순간 있는 힘을 다해 8,000피트 상공 위를 날아오른 조나단은 바람을 가로질러 안개 속을 뚫고 곤충으로 식사하는 방법을 익히며 상공에서 수많은 갈매기들을 만난다. 치앙이라는 갈매기는 조나단에게 말한다.

"가장 높이 나는 새가 가장 멀리 본다."

'오만의 죄로 가득한 작품'이라고 많은 성직자들의 비난을 받았지만 '갈매기의 꿈'은 꿈이 있다면 무한한 가능성을 열 수 있다는 메시지를 던진다.

퇴근 후 어디를 향하는가. 높이 솟은 빌딩 숲을 헤치고 당신이 가는 곳이 서점이거나 사람들과 어울릴 수 있는 곳이라면 그곳은 당신의 꿈을 응원할 것이다. 여행을 떠나기 전 여행 관련 책을 읽고, 재테크를 시작하기 전 재테크 책을 읽고 거기에 매일 신문을 곁들여

라. 스마트폰으로 들여다보는 신문 말고 종이 신문을 구독해 즐겨본 다면 그 습관이 당신을 부자로 만들어줄 것이다. 그리고 여기에 한 가지를 덧붙이자면 그 모든 것을 사랑하고 즐겨야 한다.

엠제이 드마코^{미국의 사업가}는 말한다.

"지금 당신의 처지에 만족하지 못한다면 하던 일을 그만두고 이 책을 읽어라! 경제적 자유, 시간적 자유를 이루는 진정한 부자의 길로 당신을 초대한다."

우울은 억압하고 억눌린 것, 끌어안지 못한 내 안의 것, 발현시키지 못한 내 꿈들이 좌절되어 나타나 몸과 마음으로 오는 것이다. 생의 의미를 되돌아보고 우리 자신이 어떻게 나아가야 할지 방향을 모색한다면 독서는 해답을 제시할 것이다.

1. 꿈 일기 쓰기

하고 싶은 것, 가고 싶은 곳, 보고 싶은 곳, 먹고 싶은 것, 사고 싶은 것, 갖고 싶은 것 등 일기를 써본다.

2. 독서 공부하기

독서가 공부일까? 때에 따라서 공부이다. 나를 이겨내는 데 독서만큼 강한 것은 없다.

3. 마사지를 받는다

남편이나 가족이 해주면 좋겠다. 따뜻한 손길이 몸 전체에 닿을 수 있도록 아늑한 공간에서 서로에게 마사지를 해준다.

4. 나에게 보상하기

1년에 두세 번 정도 내가 나에게 상을 준다. 평소에 갖고 싶었던 것의 목록을 정해 나에게 보상한다.

5. 자기 계발에 투자한다

자신만의 강점이 있을 것이다. 단지 찾지 않았을 뿐이다. 시간이라는 힘을 이용해 자기 계발에 투자한다.

내가 당신을 어떻게 사랑하냐구요?

헤아려볼까요.

나는 당신을 사랑해요.

내 영혼이 닿을 수 있는 깊이와 넓이와 높이까지

사람들이 권리를 위해 투쟁하듯 자유롭게 당신을 사랑하고

칭찬을 부끄러워하는 사람들처럼 순수하게 당신을 사랑해요.

내 옛 슬픔에 쏟았던 정열로 내 어린 시절의 신앙으로

당신을 사랑해요.

내 잃어버린 성인들과 함께 내가 잃었던 것으로 여겼던 사랑으로

내 평생의 숨결과 미소와 눈물로 당신을 사랑해요.

— E.브라우닝 「내가 어떻게 사랑하냐구요?」 중에서

＊

6세 연하의 무명시인 로버트의 청혼을 받고 결혼을 결심한 시인,

그녀에게 사랑은 신앙이고 종교고 본질이다.

chapter 04

원하는 것은 그 한 권에 있다

내 곁에 있다는 것만으로

하루 종일 이야기를 풀어도 여자의 수다는 부족함이 남는다. 너무 많은 것을 한꺼번에 생각하는 여자의 특성 때문이다. 여자는 20년 전의 일도 생생히 기억해낸다. 소가 되새김질의 전문이라면 여자는 이를 능가할 것이다. 이러다 보니 생각의 늪에 자주 빠지는 건 당연한 일이다. 일어나지도 않을 걱정에 진땀을 빼고 불안감에 휩싸여 불행을 자초하는 함정과 마주하며 오버씽킹의 초입에 진입한다.

얼마 전에도 그런 일이 일어나고 말았다. 아이가 아침엔 멀쩡했는데 구역질이 나고 어지럽더니 급기야 토했는지 학교에서 전화가 왔다. 머릿속은 별일 아닐 것이라고 생각하면서도 벌써 마음은 아이에게 가 있어 오후 내내 혼란스러웠다. 이런 목소리는 내 안의 어디에서 나올까 생각해본다. 큰 어려움이나 전투 상황도 아닌데 나는 이미 전투 태세를 갖추고 준비를 마친 사람이 되어 있다. 오버씽킹 over-thinking이라는 함정에 제대로 빠진 것이다. 오버씽킹에 빠지면 종종 실수를 저지른다. 그래서 나는 오버씽킹의 초입에 이르렀을 때 스스로에게 말한다. '힘든 일이 아닐 거야. 곧 괜찮아질 거야.'라고.

철학자 에픽테토스는 이렇게 말한다.

"남을 기쁘게 하는 것을 목표로 삼는다면, 우리는 스스로의 노예가 될 것이다."

관계는 혼자의 힘으로 이루어지지 않는다. 특히 타인의 평가에 민감한 동료라면 더욱 그럴 것이다. 생각의 늪, 오버씽킹에 빠지지 않기 위해선 어떻게 해야 할까? 방법은 생각다운 생각만 해야 한다는 것이다. 내가 통제할 수 없는 일들에서 과감히 발을 빼야 한다. 거기에 깊이 빠져들수록 오버씽킹은 반란을 일으킨다.

"우리보다 세상을 오래 산 어른들에게 배우고 싶은 것은 수학이나 영어만이 아닙니다. 인간으로서 가장 중요한 것이 무엇인지 배우고 싶습니다."

하이타니 겐지로가 쓴 일본 동화 작품 『상냥한 수업』을 읽으면 아이들이 원하는 것이 무엇일까 생각하게 된다. 그것은 바로 지혜이다. 오버씽킹에 빠지지 않는 일도 지혜를 갖추는 데서 시작한다. 나는 아이에게 꽤나 큰 공약을 걸었다. 대학에 들어가면 전공 외의 다른 책들을 많이 읽으면 읽을수록 상을 주겠다는 내용이었다. 상이라는 말에 아이는 눈을 크게 뜨더니 묻지도 않고 그렇게 하겠다며 수긍했다.

연애책도 좋고 자기계발서도 좋고 소설책도 좋다. 전공 외의 책들, 고전 문학이나 세계문학을 섭렵해야 한다. 글쎄. 그 상이 무엇인지 아직 정하진 못했다. 일단 아이가 시작하고 실행하면 하는 것을 봐서 상을 생각해볼 참이다. 나는 아이의 지혜가 무럭무럭 자라기를 바란다. 지식은 배울 수 있지만 지혜는 스스로 터득해야 하는 공정한 판단이기 때문이다.

내가 아이에게 그런 공약을 내건 이유는 20대 때 책을 많이 읽지 못한 아쉬움 때문이다. 그 아쉬움이 평생을 따라다닌다. 20대 때 읽었더라면 좋을 책들이 분명 있다. 인생의 황금기에 말이다. 어느 연령이나 소중하겠지만 20대 만큼 값진 시절은 없다. 두번 다시 오지 않는다. 여러 모로 고민이 깊어지는 시기임에는 분명하다. 하지만 이때 읽은 독서는 평생을 좌우할 만큼 강한 힘을 발휘한다. 이때 독서 습관을 잘 들여놓으면 평생에 만나야 할 귀중한 친구를 사귄 것이다. 그래서 20대의 독서 습관은 사회생활의 초석을 다진다. 얼마 전 모 기업에 팀장으로 있는 친구가 말했다.

"결재를 받아 보면 이 친구가 독서를 하나, 안하나 보인다니까."

맞는 말이다. 비슷해 보이는 결재서류지만 독서력에 따라 분명 차이가 있다.

독서력이 갖춰져 있다면 사회생활의 절반은 성공한 셈이다. 독서력이 없다면 뒤늦게 후회할 것이다. 오버씽킹에 빠져서 허우적댄다면 생각이 많은 것이다. 생각이 많은 것과 깊은 것엔 차이가 있다. 그러므로 때로는 생각을 내려놓고 철저한 외로움 속에서 독서의 바다에 빠져들어야 한다.

만약 결혼했더라면 그럴 수 없었을 것이다. 언제였을까?

저녁 무렵 줄리아가 "남자는 사람 잡는 도깨비야." 라고

농담조로 말한 적이 있었다.

막 결혼한 제자가 남편과의 약속에 늦었다는 걸 알고

황급히 떠났을 때였다.

"남자는 사람 잡는 도깨비야."

– 버지니아 울프, 『존재의 순간들』「슬레이터의 가게 핀은 끝이 뾰족하

지 않아」중에서

*

결혼 전 모든 사랑은 무죄다.

그런데 단 한 가지 조건이 있다.

진심을 다해 사랑했을 때만

그 죄가 사하여진다.

chapter 05

나를 바꾸는 작은 습관, 메모

메모가 일으키는 기적

독서를 하면서 생긴 효과라면 가장 먼저 통찰력을 꼽고 싶다. 전엔 무심히 흘려 보았던 사물이나 사람들이 예사롭지 않게 보인다. 그것은 일종의 힘이다. 나이를 먹어간다고 통찰력이 곧바로 생기는 것은 아닌 것 같다. 또한 학력이 높거나 그럴싸한 지위에 있다 하더라도 통찰력은 곧바로 오지 않는다.

우리의 통찰력은 끊임없이 배우려고 할 때 찾아온다. 아마 나를 포함해 삶이 유한한 것이라는 사실을 염두에 둔 사람이라면 통찰력은 힘을 발휘할 것이다. 왜냐하면 매순간 최선을 다하기 때문이다. 우리의 인생은 펄쩍 뛰고 싶은 날들의 연속이다. 뒤엉킨 삶이지만 언젠간 마침표를 찍어야 하는 시간이기 때문이다.

만약 내가 한 사람의 가슴앓이를 멈추게 할 수 있다면
나 헛되이 사는 것은 아니리.

만약 내가 누군가의 아픔을 쓰다듬어 줄 수 있다면
혹은 고통 하나를 가라앉힐 수 있다면

혹은 기진맥진 지친 한 마리 울새를 둥지로 되돌아가게 할 수 있
다면
나 헛되이 사는 것은 아니리.
−에밀리 디킨슨, 「만약 내가」

헛되이 살지 않았다고 생각한 날들이 심각한 궁지에 몰리면 내가
지금 있는 이곳이 어디인지 모르겠다. 단언할 순 없지만 삶의 통증
은 이유 없이 찾아든다. 약간의 방심만으로도 너덜너덜해져 저만큼
나가 떨어져버린다. 철학자 세네카는 이렇게 말한다.
"얼마나 오래 살았는지가 중요한 것이 아니라, 어떻게 살았는지가
중요하다."

나는 이 글을 수첩에 옮겨두고 몇 번 읽었던 것 같다. 산책 나갔

다 들어오는 길에 서점에 잠깐 들러 읽었던 책에서 이 문구를 발견했다. 마음을 무겁게 하는 여러 요인들, 늘 떠나고 싶어 하는 자아와 떠나지 못하는 자아 사이에서 불안한 나는 끄적였다. 그날 나는 이런 메모도 했었다.

'생에 불만이 있으면 구름이라 생각하라. 구름은 지나간다.

보고 싶은 것이 있으면 꽃이라 생각하라. 꽃은 지천에 피어있다.'

무심히 지나치는 것들을 수첩에 옮겨 오면 놀라운 일이 일어난다. 내게 아무 상관없는 구름이나 새소리가 나만의 것이 된다. 책들의 좋은 문구를 수첩에 적으면 상상할 수 없는 일들이 벌어진다. 길을 잃고 헤맬 때 글들은 따뜻한 위로의 꽃이 되어준다.

지천에 깔려 있는 꽃들을 유심히 들여다보면 내 것이 된다. 남이 가져가기 전에 내 것으로 만들어야 한다. 남들은 보지 못하고 지나치는 것들, 새소리, 바람 소리, 갈대 소리, 구름의 빛깔, 따뜻한 햇빛, 좋은 글들을 내 수첩으로 옮겨오라. 눈으로만 보지 말고 마음으로 그려내라. 그러면 그것은 기적이 된다.

나는 유독 대화가 잘 통하는 사람을 알고 있다. 나보다 15살이나 더 많은 연배지만 그녀와 나는 친구다. 말의 요점을 알고 맞장구쳐

주기를 좋아한다. 말끝마다 고개를 끄덕이며 양념을 친다. 나는 그녀와 오래 앉아 있고 싶다. 그녀의 놀라운 지혜를 배우고 싶다. 유심히 보면 한 가지 놀라운 사실을 발견하게 된다. 그녀도 역시 나만큼이나 메모를 좋아한다는 사실이었다.

멀리서 날아오는 테니스공을 잘 받아치는 그녀, 고개를 끄덕이며 대화의 긴장감을 놓지 않는 그녀, 모든 것이 유쾌해서 확신할 수 있는 그녀, 그녀와 나의 공통점은 메모이다. 나는 그녀의 말을 한마디라도 놓칠세라 수첩에 적는다. 우리의 메모는 그렇게 이어진다.

메모는 기억력이 뛰어나거나 학력이 높다고 되는 게 아니다. 메모는 전쟁터에 나갈 때 총이나 방패 같은 것이다. 그래서 메모는 이길 수 있다. 삶을 변화시키고 인생을 관리하고 싶다면 메모하라. 작은 습관이 엄청난 가치를 부른다. 무언가를 해내고 싶다면 메모하라. 무엇이든 기록해두라. 기록하지 않은 것은 역사가 될 수 없다. 기록하는 것만이 역사다.

나는 1년에 네다섯 권의 수첩을 사용한다. 솔직히 별다른 내용은 없다. 자세히 들여다보면 웃음 나는 것 투성이다. 그만큼 시시콜콜하다. 하고 싶은 것, 가고 싶은 곳, 읽고 싶은 책, 해보고 싶은 일, 먹고 싶은 음식, 만나고 싶은 사람에 대해서 메모해둔다. 사실 누가 볼까봐 겁나는 메모들이다. 하지만 메모를 한다. 그것도 줄기차게 한다.

우리의 삶이 한 마리 기진맥진한 울새를 둥지로 돌아가게 할 수 있다면, 우리의 삶이 누군가를 구원할 수 있는 기록이 될 수 있다면 삶은 헛된 것이 아니다.

책이 내게 건넨 위로 한 줄

하지만 죽음에 대해 좀 더 긍정적으로 접근해보자고,
죽으리란 걸 안다면 언제든 죽을 수 있도록 준비를
해둘 수 있네. 그게 더 나아.
그렇게 되면, 사는 동안 자기 삶에 더 적극적으로
참여하며 살 수 있거든.
— 미치 앨봄, 『모리와 함께 한 화요일』 중에서

＊

다음 생에 가지고 갈 것은 첫째도 둘째도 빈손이다.
하지만 빈손 위에 이것은 얹을 수 있다.
'많이 베풀고 많이 사랑했던 마음'만.

chapter 06

자투리 시간의 독서

평범함을 비범함으로 건너는 법

나는 박찬호 선수를 좋아한다. 이유를 들자면 그의 철저한 자기 관리가 마음에 든다. 현역에서 물러났지만 그가 정상의 자리에 있었을 때 그는 늘 흐트러지지 않았다. 어느 잡지에선가 그가 인터뷰한 내용은 퍽 인상적이었다. 그가 경기에 임하기 전 자주 읊조린다는 글을 소개해 본다.

나의 신조

나는 나의 능력을 믿으며 어떠한 어려움이나 고난도 이겨낼 것이다.

나는 자랑스러운 나를 만들 것이며 항상 배우는 사람으로 더 큰 사람이 될 것이다.

나는 늘 시작하는 사람으로 새롭게 일할 것이며 어떤 일도

포기하지 않고 끝까지 성공시킬 것이다.

나는 항상 의욕이 넘치는 사람으로 행동과 언어 그리고 표정을 밝게 할 것이다.

나는 내 나이가 몇 살이든 스무 살의 젊음을 유지할 것이다.

한 가지 분야에서 전문가가 되어 나라에 보탬이 될 것이다.

나는 다른 사람의 입장을 생각하고 나를 아는 모든 사람들을 사랑할 것이다.

나는 정신과 육체를 깨끗이 할 것이며 나의 잘못을 항상 고치는 사람이 될 것이다.

나는 나의 신조를 매일 반복하며 실천할 것이다

― 박찬호 공식 사이트(http://www.chanhopark61.com/)

평범함을 비범함으로 건너는 사람들에겐 무언가 특별한 것이 있는 것 같다. 무엇보다 내게선 찾을 수 없는 '자기관리'다. 그들의 자기관리는 너무 세련되어서 늘 허둥대는 내게는 비교할 수 없는 자극이 된다. 예를 하나 들어 보자면 나는 손글씨 끄적거리는 걸 좋아한다. 인터넷에서 손글씨 자격증을 땄다. 취미로 시작한 일인데 너무

재미있어서 이 일을 계속해 볼까 하고 일을 벌였다. 그런데 이내 시들해지더니 흥미를 잃어버렸다. 내 안의 관리가 안 되는 것이다. 또한 주짓수가 재밌어 보여 이 나이에 도복을 샀다. 험한 세상 나라도 지켜야 하지 않겠는가? 그런데 조금 하다가 그만둬버렸다. 체육관 관장님은 배운 김에 더 배우라고 하지만 이것도 관리가 안 되고 있다. 나는 지금 두 가지 감정 사이에서 '자기관리'라는 싸움과 신경전을 펼치고 있다. 첫째, 나는 왜 자기 관리가 안 되는가? 둘째, 나는 왜 내 자신에게 휘둘리는가?

알랭 드 보통은 인간의 '불안' 에 대해 이렇게 묘사한 바 있다.
"우리의 삶은 불안을 떨쳐 내고 새로운 불안을 맞아들이고, 또 다시 그것을 떨쳐 내는 과정의 연속인지도 모른다."

자기관리를 잘하기 위해선 비상한 결의로 두 손을 맞잡고 기도를 올린다거나 쉼 없이 노력해야 할 것이다. 그것도 아니라면 나를 잘 다독여 계속적인 인내를 발휘하도록 독려하는 방법 밖에는 없다. 하지만 남들은 세련되게 혹은 멋지게 해내는 자기관리를 나는 시작도 못하고 끝내버린다. 내 자신에 휘둘리느라 몇 발짝 떼었다가 이내 풀이 죽어버린다. 내 자투리 시간도 분명 '자기관리'라는 차원에서

보면 누군가로부터 칭찬을 받을 만한 일이다. 하지만 엄밀히 따지면 그속엔 자기관리라는 이름으로 포장된 나의 불안이 숨어있다.

시간은 불안을 이겨내기 위한 강한 규제이다. 하지만 그렇다 하더라도 평범한 엄마나 주부가 비범함을 만들고 싶다면 자투리 시간은 분명 찬스다. 이제 한 걸음을 떼면 40대를 마감한다. 낯선 사람과 만날 수 있는 기회가 열려 있다고 생각하니 가슴이 두근거린다. 여전히 허둥대는 중이지만 내게 '자기관리'라는 올가미를 씌워 가혹하게 만들지 않을 생각이다. 그러니까 마음이 시키지 않으면 안 하겠다. 자기관리를 증명하기 위해 안간힘을 쓰며 체력을 소모하는 것들을 놓아버릴 작정이다. 지인을 만나기로 한 카페에서 자투리 독서는 빛을 발한다. 갑자기 일이 생겨 늦을 거라는 연락이 왔을 때 속으로 콧노래를 불렀다.

해변을 따라 가파르게 햇빛이 떨어지자 해안선 위의 모래가 뼈처럼 희게 변하고, 구름의 벽을 배경으로 눈부시게 빛나는 하얀 바닷새 한 마리가 낫처럼 생긴 날개로 날아올라 소리도 없이 딱 하고 방향을 꺾더니 좁다란 갈매기 무늬가 되어 제멋대로 꿈틀거리는 바다의 등으로 곤두박질했다. 클레어는 잠시 꼼짝도 않고 앉아 있다가 이내 울기 시작했다.

– 존 밴빌, 『바다』 중에서

『바다』의 일부분을 읽고 있을 때쯤 도착한 지인이 말했다.

"기다리느라 힘들었지? 미안, 미안…."

"힘들기는? 아주, 즐거웠어."

내가 시도하는 '자기관리'는 힘에 부치지 않는 것, 좋아하는 것이다. 그러니 이제부터라도 '자기관리'를 잘한답시고 한쪽 발만 들고 서 있는 우를 범하지 않을 것이다. 사실 생각해보니 나에게 휘둘렸다고 생각했던 '자기관리'의 대부분이 불안한 내 마음을 가리기 위한 것들이었다. 내 마음을 수용하지 못한 결과들이었다.

세상에서 가장 어려운 일은 사람이 사람의 마음을 얻는 일이란다.

각각의 얼굴만큼 다양한 각양각색의 마음은 순간에도

수만 가지의 생각이 떠오르는데,

그 바람 같은 마음이 머물게 한다는 건 정말 어려운 일이다.

다른 사람에게 결코 열어주지 않은 문을

너에게 열어주는 사람이 있다면,

너는 진정한 친구를 얻었다고 할 수 있는 거란다.

– 생텍쥐페리, 『어린 왕자』 중에서

*

오래된 친구들이 하나둘씩 떠나간다.

먹고 살기 바쁘니 그러려니 하지만 마음 한구석이 휑하다.

친구들을 잘못 섬긴 것 같아 자꾸만 내 뒤를 돌아본다.

chapter 07

독서가 지겨울 때

슬럼프 극복하는 법

　말끝마다 부정적인 사람이 있다. 도대체 저 사람은 무엇에 꼬여서 저렇게 말할까? 생각하다가 유심히 관찰해보면 사실 그 사람은 매우 부정적인 사람이란 걸 알게 된다. 정말 매사에 부정적이다. 그런데 더 놀라운 건 부정적인 사고뿐만 아니라 그 사람의 인생도 썩 잘 풀리진 않는다는 사실이다. 같은 말이라도 상대방이 듣기 좋게 말하면 본인의 기분도 좋아질 뿐 아니라 주변의 분위기도 좋을 텐데 이렇게 살다가 죽을 테니 건드리지 말라는 식이다. 이런 사람의 특징은 주변의 분위기를 싸하게 만든다.

　하지만 이런 말투로 인해 가장 손해 보는 사람은 당사자다. 주변에 미치는 영향보다 자신의 기분이 나빠질 것이기 때문이다. 자신의 감정을 주체하지 못하는 마음, 입 밖으로 뱉어버리면 시원하겠다는 마음, 나는 이런 사람이라는 자기중심적인 행동은 결국 돌고 돌아 부메랑으로 돌아온다. 나는 이럴 때 속 시원히 말하도록 내버려 둔다. 실컷 하고 나면 풀릴 것이다. 하지만 시간이 쌓이면 실컷 해주었던 비난의 말들을 상대방은 기억할 리 없다. 특히 나는 나쁜 기억을 빨리 잊어버리는 습성이 있어서 어떤 것을 기억한다는 것이 불투명하다. 아픈 말을 쏟아낸 사람들, 맘껏 비난하고 화를 낸 사람들은 아픈 감정에 얽매여 고생할 것이다. 말이란 말을 뱉어버린 사람에게 돌아가는 힘이 있기 때문이다.

이런 사람들이 지겹다. 제멋대로 말을 해버리는 사람들, 예의 없이 상대를 깔보며 말로 짓누르려 하는 사람들이 징그럽다. 사람이 지겨울 때가 있듯이 독서도 지겨울 때가 있다. 아마 이 책을 읽는 독자라면 분명 이러한 경험을 가지고 있을 것이다.

나는 늘 보는 책이 지겨워 얼굴 위에 올려 두고 멍하니 있을 때가 있다. 사실 독서든 운동이든 공부든 무언가를 계속, 그것도 지속적으로 한다는 것은 어려운 일이다. 20년을 함께 산 남편도 지겨울 때가 있다. 가족이나 형제, 동료도 때론 지겹다. 결혼 생활에 문제가 있어서, 동료가 싫어서 그런 게 아니다. 산다는 것은 때때로 지겨움의 연속이다. 어제 밤에도 읽어오던 책이 지겨워 침대 머리맡에 밀어버렸다.

내 스승인 짐 론의 가르침 중에 잊을 수 없는 것이 있다. 책은 알찬 내용이 있고, 가치가 있으며, 도움이 되고, 매일 새로운 것을 가르쳐 주니 독서가 식사보다 중요하다는 것이다. 그 덕분에 나는 매일 30분 이상은 책을 읽어야 한다는 생각에 사로잡히게 되었다. 그는 이렇게 말했다. "밥은 거르는 한이 있어도, 독서는 거르지 말게."

— 앤서니 라빈스, 『네 안에 잠든 거인을 깨워라』 중에서

작은 아이가 초등학교 2학년이 되었을 때 여름방학이었다. 나는 아이를 무척 힘들게 한 기억을 가지고 있다. 방학 동안, 책 200권을 읽으면 아이가 원하는 게임기를 사주기로 약속했다. 그때 한창 아이가 독서에 흥미를 느끼던 시기였다. 나의 제안에 아이는 게임기를 갖고야 말겠다는 의지 하나로 깊은 밤에 홀로 깨어 책을 읽었다. 어린아이의 모습이 흐뭇하기도 하고 대견하기도 해서 게임기를 사주었다. 그런데 얼마 후 아이는 이렇게 말했다.

"엄마, 책 더 이상 못 읽겠어요. 너무 지겨워요."

아이의 독서 욕구를 고취시키겠다고 생각한 나의 생각이 아이를

책에서 멀어지게 한 것이다. 또 이렇게 말한 적도 있다. "엄마가 읽으라고 한 책보다 제가 고른 책이 더 재밌어요." 생각해보니 나의 무리한 욕심으로 아이를 힘들게 한 것 같아서 미안한 마음이 든다. 지금 누군가 나에게 "고가의 화장품을 사줄 테니 책을 200권 읽으시오."라고 말한다면 나는 가차 없이 이렇게 말할 것이다. "나보고 미치라는 얘기군요."

책에 넌더리가 나고, 사람에게 넌더리가 난다면 인생에 슬럼프가 찾아온 것이다. 한 글자도 읽지 못하고 글자들이 날아다닐 때가 있다. 마치 춤을 추는 것처럼 말이다. 늘 들어왔던 사람의 목소리가 더 이상 말처럼 들리지 않고 귀에서 웅웅거린다. 그럴 때는 그 사람에게서 멀어져라. 그리고 책을 덮어라. 슬럼프가 왔을 때 이겨낼 수 있는 방법 몇 가지를 추천한다.

첫째, 산책한다.

산책은 몸과 마음에 활기를 불어넣는다. 특히 부정적인 감정에 휩싸일 때 권한다. 부정적인 감정을 구름이라고 생각하라. 무작정 걷다 보면 슬럼프는 도망가고 어느 순간 창의성이 샘솟을 것이다.

둘째, 빈둥거림을 즐긴다.

잘 노는 것도 능력이다. 잘 놀 줄 아는 사람이 일도 잘한다. 슬럼프가 왔을 때 하던 일을 줄이고 휴식 시간에 최대한 빈둥거려 본다.

셋째, 맛있는 걸 먹는다.

매콤한 음식은 우울한 기분을 달아나게 한다. 맛난 음식을 접하면 침울한 기분을 전환시키는 데 효과적이다. 혼자 영화를 보거나 꽃시장을 들러 보는 것도 좋다. 미술관을 관람하거나 길거리를 배회해 보는 것도 좋은 방법이다.

넷째, 파인애플 푸딩을 먹는다.

기분이 우울하면 푸딩을 먹는다. 넉넉히 사두고 냉장고에서 차갑게 식힌다. 슬럼프가 왔을 때 차가운 푸딩을 먹으면 기분이 시원해진다.

무엇보다 슬럼프가 왔을 때 극복하는 좋은 방법은 슬럼프를 잘 대접하는 것이다. 산더미처럼 쌓인 일을 하겠다며 집으로 가져오거나 주말에 일을 하면 슬럼프는 더 쫓아온다. 머리를 쥐어 뜯고 지금 해야 할 일이 아니라면 슬럼프가 왔다는 것을 자각하고 최대한 대접한다. 그러면 어느 샌가 기운이 샘솟고 마음은 회복되며 마치 아무 일도 없었다는 듯 돌아온다. 다시 익숙한 상태로 돌아오는 것이다. 독서는 그때 해도 늦지 않다. 남에게 화내고 비난의 말을 쏟아내도 변한 건 없다. 인생이라는 배는 또 다시 흘러간다. 그 배가 잘 흘러가도록 하는 게 우리의 삶이라면 이왕 사는 것 재밌게 즐겁게, 예쁘게 말하면서 사는 것이 행복 아닐까?

책이 내게 건넨 위로 한 줄

괜, 찮, 타, ……
괜, 찮, 타, ……
괜, 찮, 타, ……
끊임없이 내리는 눈 발 속에서는
산도 산도 청산도 안 끼어 드는 소리, ……
– 서정주, 「내리는 눈발 속에서는」 중에서

*

잘못하고 틀리고 실수해도
괜찮다고 말해주는 사람, 너그럽게 웃어주는
그 사람 참 괜찮은 사람이다.

| 마음이 아픈 날엔 서점에 간다

chapter 08
책을 더럽히는 여자

왜 우리는 어른일까

결혼한 대다수의 부부들이 착각하는 것 중의 하나가 상대가 내 마음을 알아주겠지 하는 마음이다. 직장 내에서도 이런 일은 빈번하다. 동료가 혹은 상사가 내 마음을 알아줄 것이라 생각한다. 하지만 이것은 불가능하다. 아무리 친밀한 부부, 형제나 부모라 할지라도 말하지 않고 내 마음을 알아줄 것이라는 생각은 상대를 분노하게 만든다. 그것은 신도 불가능한 일이다. 나 역시 이런 실수를 한다.

결혼기념일이나 생일에 당연히 남편이 알아서 해주겠지 생각했다가 큰코다친 적이 여러 번이다. 상대가 알아서 해주겠지 하는 마음엔 상대를 시험해 보려는 의도가 숨어있다. 여자들은 이런 함정에 자주 빠진다. 특히 연인 사이라면 이런 생각으로 상대를 테스트하려

할 것이다. 하지만 관계엔 균형이 필요하다. 내 마음을 알고 있겠지라는 생각은 사랑이라는 감정을 엇나가게 할 수 있는 잘못된 신호이다. 부모나 자식 사이, 형제나 친한 동료라 할지라도 말로 표현하지 않으면 상대를 변화시킬 수 없다. 상대에 대한 말의 표현을 거치지 않고 사랑이라 말할 수 없다.

나는 흔적 남기기를 좋아한다. 책을 볼 때도 그렇다. 집안 어느 곳에나 내 흔적을 남긴다. 특히 책을 볼 때 밑줄은 기본이고 형광펜을 달고 산다. 그래서 가끔은 누가 내 책을 볼까봐 조심스럽다. 정말 어지간히 더럽다. 내가 책을 더럽게 보는 이유는 오래된 나의 습성인 거 같다. 고등학교 때부터 공부한답시고 길들여진 습성이 지금도 남아 독서할 때 그 힘을 발휘한다. 사람마다 개성의 차이는 있겠지만 유독 나는 책을 더럽게 본다. 그래서 누군가 "그 책 재밌으면 빌려줘." 하고 말할 때 내 마음을 들켜버린 것 같아 두렵다. 상대에게 들켜버린 내 마음, 그것이 어떤 것이든 내안의 열망은 사그라진다.

특히 그것이 들키고 싶지 않은 비밀스러운 것이었다면 마음 안에서 수만 번 고통을 곱씹어낼 것이다. 내 마음 속 밑바닥에 고통이 소용돌이친다. 결국에 '나'라는 사람은 증발해버리고 부르르 몸을 떨 것이다. 들켜버린 마음은 무의식의 깊은 곳에 허를 찔려 누군가로부

| 마음이 아픈 날엔 서점에 간다

터 보잘 것 없음을 인식하게 만드는 감정이다. 책을 더럽게 보는 나로선 중고서점에 책을 팔 수 없다. 하지만 한 번도 책을 되팔아본 적이 없어서 내 흔적을 누군가에게 들키진 않았다. 나는 흔적이 남겨진 책이 좋다. 누군가 밑줄을 쳐놓은 문장을 바라본다. 시선을 고정시키고 안면도 없는 그 사람을 생각한다. 어떻게 책을 봐야 할까? 어떻게 책에 내 마음을 표현할까? 전문가들의 의견은 분분하다. 나역시도 이런 질문에 곧바로 대답하기가 곤란하다. 하지만 내 경험상 책에도 마음의 표현을 할 수 있으면 좋겠다는 생각을 가지고 있다. 각자의 방식대로 말이다.

좋은 책은 '내 것이 되어야 한다.' 좋은 사람도 내 사람이 되어야 한다. 처음엔 내 책이 아니었지만 내 손으로 들어왔다면 내 것이다. 그것을 진짜 내 것으로 만들어야 한다. 사람의 기억력은 짧다. 아무리 좋은 책이라도 며칠 지나면 기억에서 희미해져버린다. 어떨 땐 책의 제목조차 가물거릴 때가 있다.

그래서 나는 독서 노트를 만들어 책 제목과 글의 줄거리 정도를 간단하게 요약해 따로 보관한다. 나만이 볼 수 있는 방식으로 아주 짧게 말이다. 특히 책을 읽다가 마음이 가는 문장이 있으면 번거롭더라도 수첩에 옮겨둔다. 나중에 힘들 때 읽으면 위로가 되어줄 소중한 잠언들이기 때문이다.

책을 더럽히라고 말하고 싶다. 사랑하는 사람에게 마음을 표현하듯 책에도 마음을 표현하라. 40대의 나는 다시 오지 않을 것이다. 아무리 머리를 세게 저어도 소용없는 일이란 걸 안다. 어른이란 그렇게 되는 것이다. 나를 속상하게 했던 것들과 나를 미치게 했던 것들을 떠나보내는 것이다. 참 다행스럽다. 떠나보낼 수 있으니. 그래서 조금은 가볍고 간결한 마음으로 인생의 또 다른 페이지를 넘길 수 있으니 다행스럽다. 어른이라면 흐르는 강물처럼 그렇게 단호히 놓아줄 줄 알아야 한다.

책이 내게 건넨 위로 한 줄

우리는 필요에 의해서 물건을 갖지만
때로는 물건 때문에 마음이 쓰이게 된다.
따라서 무엇인가를 갖는다는 것은
다른 한편 무엇인가에 얽매이는 것,
그러므로 많이 갖고 있다는 것은
그만큼 많이 얽혀 있다는 뜻이다.
−법정 스님, 『무소유』 중에서

*

안 쓰는 물건을 100리터짜리 쓰레기 봉지에 담아
분리수거장 앞에 내놓았다.
담장 위의 고양이가 힐끗 나를 바라본다.
쓰레기 봉지에 넣어야 할 것은 내 집착이다.

chapter 09

북클럽 '스토리트리'

너의 마음도 차곡차곡 쌓는 거야

집은 커졌지만 가족은 더 적어졌다.

더 편리해졌지만 시간은 더 없다.

학력은 높아졌지만 상식은 부족하고

지식은 많아졌지만

판단력은 모자라다.

전문가들은 늘어났지만 문제는

더 많아졌고 약은 많아졌지만

건강은 더 나빠졌다.

가진 것은 몇 배가 되었지만

가치는 더 줄어들었다.

말은 너무 많이 하고

사랑은 적게 하며

거짓말을 자주 한다.

생활비를 버는 법을 배웠지만

어떻게 살 것인가는 잊어버렸고

인생을 사는 시간은 늘어났지만

시간 속에 삶의 의미를 넣는 법을 상실했다.

달에 갔다 왔지만

이웃을 만나기는 더 힘들어졌다.

우리 안의 세계는 잃어버렸다.

공기 정화기는 갖고 있지만

영혼은 더 오염되었고

원자는 쪼갤 수 있지만

편견을 부수지는 못한다.

꽤 오래전에 지방 여행을 가면서 휴게실에서 본 글을 수첩에 옮겨
두었다. 제목은 '우리 시대의 역설.' 작가가 누구인지, 어느 책에 소
개된 글인지 모르겠지만 읽으면 읽을수록 소중한 것들이 묻혀버린
것 같아 마음이 무겁게 느껴진다. 삶의 소중한 것들은 무엇일까. 우

리는 무엇을 위해 달려갈까. 왜 사랑을 잃어버린 걸까. 어디에 가치를 두느냐에 따라 삶은 달라지는데 우리는 왜 이토록 급급할까.

시간의 가치는 달라진다. 일상에 의미를 부여하면 내 곁에 가까운 사람들이 소중할 것이다. 하지만 우리는 속도에 치중하느라 두 눈을 잃어버린 지 오래다. 오직 의구심에만 사로잡혀 자신의 말만 쏟아내기에 바쁘다. 때로 유혹은 우리 주위에 서성거리며 사랑하는 것조차 서로를 의심하게 만든다. 이 모든 것들, 시간 속에 의미를 부여하는 삶의 모든 것들이 묻혀져 간다.

여자들은 마땅히 스트레스 풀 곳이 없다. 그래서 고작 한다는 것이 친구들을 만나 수다로 푸는 것이다. 자주 만나는 사이라면 친밀한 대화가 오가지만 어쩌다 소원해져 오랜만에 만나면 이마저도 쉽지 않다. 그래서 여자들은 아무나 붙잡고 이야기를 나누고 싶어 하는지도 모르겠다. 저녁이 되어 "오늘, 회식이야." "엄마, 저 오늘 늦을 거예요."라는 남편과 아이의 전화를 받으면 나도 회식 준비를 한다. 가방에 수첩과 볼펜을 챙겨 나만의 회식 장소로 이동한다. 혼자 하는 회식은 오래되었다. 맥주 한잔 없는 쓸쓸한 회식이지만 카푸치노 커피 한잔을 들고 가 두세 시간 회식을 한다. 서점은 모르는 타인이 만나 살짝 미소를 건네며 오늘밤을 보내도 좋을 장소이다. 테이블 위에 책을 올려 두고 서로를 위로하는 시간이 이어진다. 외로움은 끼어들 틈이 없다. 그렇게 책 속으로 들어가 회식을 하면 두 시간은 훌쩍 지나가버리니까.

소규모 독서 모임임 '스토리트리'는 작은 아이 엄마들 모임이다. 처음엔 왕수다 모임이었는데 대화에 한계가 있어 책을 읽고 토론해 보자는 아이디어로 시작한 모임이다. 거창한 모임 같지만 실상은 평범하기 그지없는 모임이다. 한 달에 한 권 책을 읽고 와서 자유롭게 형식 없이 이야기를 나눈다. 책을 읽고 오지 않아도 혼내는 사람도 없다. 토론을 하다 삼천포로 빠져서 시댁 이야기를 하거나 남편 얘기를 하기도 한다. 어찌 되었든 '스토리트리'는 즐거운 모임이며 현재도 진행형이다.

독서모임은 좋은 결과를 기대할 수 있는 삶의 의미 있는 활동이다. 특히 삼삼오오 모여 토론할 수 있다면 인생의 해답을 찾을 수 있는 모임이다. 여기에 한 가지를 덧붙인다면 지금보다 더 나은 가정, 지금보다 나은 세상에 대한 열망이 있다면 누구든 환영한다. 책이 사람을 바꾸고 마음을 바꾸는 진귀한 경험을 할 것이다.

얼마 전엔 손원평 작가의 『아몬드』라는 작품을 진행했다. 수첩에 적어둔 시를 읽으며 잠들었다. 소중한 것들이 묻혀버린 것 같아 안타까운 밤, 잃어버린 드레스처럼 모두를 애태우는 밤이 저물어간다.

사는 방법은 두 가지가 있다.
되는 대로 그냥저냥 살아가는 것, 아니면 더 나은
길을 찾아 성실히 사는 것이다.
더 나은 것을 이루며 살겠다는 생각은
자기 자신의 삶만이 아니라
다른 사람의 삶, 나아가 인류의 미래까지
더 나아지게 만든다.
― 줄리언 헉슬리, 『생물학자의 생각』 중에서

*

내가 속해있는 곳이 가정이든 회사든 학교든
조금이라도 나아지리라 다짐한다면
당신이 바로 영웅이다.

chapter 10

한 사람의 가치관을 만든다

나날이 흥미를 새롭게 하는 것들

로마를 여행했을 때 내 눈길을 사로잡은 풍경은 80세는 훌쩍 넘긴 어머니와 60세은 훌쩍 넘겼을 모자母子의 여행이었다. 익숙지 않은 풍경이라 자꾸 눈길이 갔다.

일행들 사이에서 모자는 다정한 연인처럼 서로를 챙겼다. 피렌체에서 미술관을 관람했다. 족히 2시간을 돌아야 하는 미술관이었다. '나도 힘든데 저분은 오죽할까.' 슬며시 걱정이 들었다. 한참을 돌다 보니 아들은 끈이 풀어진 어머니의 운동화 끈을 매고 있었다. 낯선 풍경에 또 한 번 놀랐다.

그렇게 또 한참을 돌고 미술관 밖으로 빠져 나왔는데 저만치에서 또 낯선 풍경을 마주했다. 힘든 어머니를 업고 숨을 쌕쌕거리며 아들이 걸어나오는 중이었다. 여행을 많이 한 적은 없지만 평생의 여행 중 가장 인상적인 장면으로 기억된다. 그토록 아름다운 모습은 처음이었다. 누구나 부모가 있다. 당신이 그 부모에게서 사랑받기를 원하는 것처럼 당신을 아껴주기를 기다리고 있다. 생각해보면 어렸을 때도 그들은 우리를 사랑했을 것이다. 우리가 우리의 아이를 사랑하는 것처럼 그들도 우리를 그렇게 사랑했을 것이다.

헨리 워드 비처는 이렇게 말한다.

"우리가 부모가 됐을 때 비로소 부모가 베푸는 사랑의 고마움이 어떤 것인지 절실히 깨달을 수 있다."

세상은 참 빠르게 변한다. 나는 제자리에 서 있는 것 같은데 부모와 아이들이 변해가는 걸 보면 그런 생각이 든다. 4차 산업 혁명이 도래했다고 세상은 떠들어댄다. 빠르게 변하니 준비해야 한다고 말한다. 낡은 틀에 갇히면 뒤처진다고도 한다. 그러니 아이들을 4차 혁명에 맞추어 키워야 한다고 아우성이다. 나는 가끔 아찔한 기분에 사로잡힌다. 세상이 너무 빨리 변해서가 아니다. 인생의 소중한 것들이, 인생의 자양분이 너무 빨리 변하기 때문이다. 그러다 보니 나도 변해야 할 것만 같다. 아이들을 키우는 엄마로서, 교육의 주체로서 뭔가 남달라야 한다. 그러기 위해선 최소한의 의무라도 해야 한다. 1년에 책 몇 권이라도 읽어내야 한다. 그것이 나와 내 아이들이 살 길이다. 나는 엄마이지 않은가.

무슨 기적이 일어나 스티글리츠의 가족들이 조용해진 것이 아니듯, 북극권의 기후가 여자가 없는 동안 더 따뜻해지고 햇살 가득한 날씨로 변했을 리 만무하다.

남부의 신앙심 두터운 지역이 느닷없이 자유주의적인 곳으로 바뀌지 않았을 것이다. 풍경이나 도시는 변하지 않는다. 다만 그것을 바라보는 여성의 시각이 바뀐 것일 뿐이다.

　― 셰릴 자비스, 『결혼한 여자 혼자 떠나는 여행』 중에서

식구들이 벗어놓은 옷가지를 줍는다. 밤나무에서 떨어진 밤을 줍는다면 이런 기분은 아닐 것이다. 나는 매번 옷을 줍는다. 식탁에 소파에 벗어놓은 밤나무 같은 옷들을 줍는다. 언제까지 주워야 할까. 그래서 늘 고민 중이다. 이제 그만 옷을 줍자고 다짐한다. 독서는 부모 교육의 좋은 대안이 될 수 있다고 생각한다. 즉각적인 효과는 없더라도 시간이 지나면 언젠가 서서히 반응한다. 독서 교육이 아무런 문제없이 완벽하다는 말은 아니다. 하지만 독서를 함으로써 최소

한 자녀와의 갈등을 줄일 수 있다. 완벽하진 않더라도 차선이 되어 줄 수 있다. 백화점 문화센터 앞에는 주부들이 북적거린다. 취미를 배우려는 사람들로 넘쳐난다. 하루 24시간이 부족한 주부 CEO들은 새로운 흥미에 도전하고 있다.

윌리엄 라이언 펄푸스는 말한다.

"인생에서 성공자가 되기 위한 조건은, 일에 대해서 나날이 흥미를 새롭게 할 수 있는 것과, 일에 끊임없이 마음을 쏟는다는 것, 매일을 무의미하게 지내지 않는다는 것이다."

부모 교육의 핵심은 따뜻한 인간미를 잃지 않은 사람을 키우는 일이라 생각한다. 60세가 훌쩍 넘은 아들이 80세를 훌쩍 넘긴 어머니를 업고 미술관을 관람하는 것처럼, 흙탕물에서도 진흙탕에서도 사람이 되어 나오는 길임을 깨달았다.

책이 내게 건넨 위로 한 줄

어느
늦은 저녁 나는
흰 공기에 담긴 밥에서
김이 피어 올라오는 것을 보고 있었다.
그때 알았다.
무엇인가 영원히 지나가버렸다고
지나가버리고 있다고
 – 한강, 「어느 늦은 저녁 나는」 중에서

＊

사람들은 말한다. "밥심으로라도 살아야 한다."고.
하긴 그 힘마저 없다면 무슨 힘으로 건널까.
이토록 아프고 독하고 찬 계절을.

chapter 11

100년 된 건물, 1000년 된 책

너희들을 사랑하는 법

아이를 키우는 입장에서 사랑하는 아이들에게 모든 것을 주고 싶은 마음은 부모의 똑같은 심정일 것이다. 정말 하늘의 별이라도 따 주고 싶은 마음이다. 동물이나 새들도 새끼들을 품는다. 모이를 가져다주는 어미 새는 아기 새를 바라보며 흐뭇해한다. 왜냐하면 잘 먹는 사랑스러운 아기 새이기 때문이다.

동물이나 새도 이럴진대 하물며 인간인 우리들은 오죽할까. 열 달 동안 품어 배 아파 나은 자식들을 사랑하지 않는 부모는 이 세상에 없다. 그럼에도 간혹 나는 물고기 잡는 방법을 알려주는 것과 물고기를 잡아다 주는 것 사이에서 염려하곤 한다.

학교 동창 가운데 사업으로 꽤 잘 나가는 친구가 있다. 그녀는 특유의 감각과 성실함으로 부를 얻었다. 그녀가 어떻게 사업을 해냈고 아이들을 잘 키울 수 있었는지 늘 궁금해하던 나는 그 비결을 물었다. 그랬더니 그녀는 이렇게 대답했다.

"사업은 늘 처음과 같은 마음으로 해냈고, 아이들에겐 사랑은 90%, 엄격함은 10% 정도 유지하려고 해."

아이를 사랑하는 방법엔 여러 가지가 있다. 부모라면 누구나 주고 싶은 것들이 천지다. 많은 돈, 높은 건물, 값나가는 기업의 주식, 뛰어난 외모나 재능, 좋은 차, 넓은 집, 이름 있는 대학이나 직업 등 이외에도 줄 수만 있다면 주고 싶다. 하지만 이 모든 것이 사랑이라 말할 수 있을까. 경우에 따라선 사랑이 되기도 하고 독이 되기도 한다. 나는 부모의 실수 중 가장 큰 실수를 꼽으라면 물고기를 왕창 잡아다 눈앞에 던져 주는 것이 아닐까 하고 생각한다. 자식의 연애사에 개입하고 자식의 삶에 관여하고 어떻게든 자기 식대로 끌어올려 끌고 가려는 것이 잘못이라 여겨진다.

사랑하지만 너무 사랑하지만 자식의 삶을 대신 살아줄 수 없다. 어쩌면 너무 사랑하기에 대신 해줄 수 없는 것은 아닌지 모르겠다. 자식이 길을 잃고 헤매도 대신 헤맬 수는 없다. 왜냐하면 너무 사랑하기 때문이다. 물론 어느 정도 선까지 부모의 입장에서 도와줄 수는 있을 것이다. 하지만 그것이 영원토록 지속될 수 없다는 사실에 누구나 동감할 것이다. 한국 사회에서 부모들은 적어도 나를 포함해 이런 실수를 한다. 많이 주면 줄수록 자신의 자긍심이 높아진다는 생각이다. 하지만 마냥 주는 것만이 사랑이라면 사랑은 채워도 채워도 부족하다. 아이들이 자신의 행복을 키우기 위해 나는 두 가지를 도울 생각이다.

첫째, 인생을 즐기는 법, 둘째, 사랑하는 법이다.

인생을 즐기려면 먼저 자신을 긍정할 수 있어야 한다. 살아가는 것이 아무리 힘들지라도 자신을 긍정할 수 있다면 삶 속에서 즐거움을 찾을 수 있다. 즐길 수 있을 때 빛난다. 또한 많은 것을 경험하고 체험하게 할 생각이다. 그래서 그 속에서 어려움이든 힘듦이든 하나씩 깨달아 나갔으면 좋겠다.

아주 사소한 것이라도 부딪치게 할 생각이다. 누구의 말에 따라 움직이는 꼭두각시가 아니라 삶의 주체가 되어 결정하게 하고 싶다. 책을 많이 읽게 할 생각이다. 독서의 묘미를 일찍부터 알았으면 좋겠다. 도전을 많이 하게 할 생각이다. 설사 그것이 실패나 실수를 불러오더라도 그것 또한 젊은 날의 자산이 된다.

작년 가을 가족과 이탈리아 로마 여행을 한 적이 있다.

오래된 건물이 눈길을 사로잡았다. 허물거나 새로 올리지 않은 건물엔 오랜 흔적이 엿보였다. '이래서 로마구나.'라는 생각이 들었다. 늦은 오후 정처 없이 거리를 어슬렁거렸다. 건물에 햇빛이 반짝일 때 아이가 물었다.

"여기 건물 나이가 몇 살이야?"

건설사들은 백 년을 족히 넘길 건물을 짓는다. 하지만 책은 천 년 동안 남는다. 삶이란 유산은 물질 외에도 많다. 90%의 사랑과 10%의 엄격함으로 너희들을 사랑할 것이다. 그래서 너희들이 땅에 뿌리를 내리고 사랑이라는 이름으로 살아갈 수 있도록 응원해야겠다.

예를 들어 여러분은 가장 친한 친구 다섯 명의 얼굴을 정확하게 묘사할
수 있습니까?

가능한 사람도 더러 있겠지만 그렇지 못한 사람들이 더 많을 겁니다. 시
험 삼아 나는 남자분들에게 자기 아내의 눈동자 색깔을 물어본 적이 있습
니다. 그런데 그들 중 상당수가 당황하거나 부끄러워하며 모른다고 대답
하더군요. 하긴 새 옷이나 모자를 사도, 집안의 가구를 옮겨놓아도 남편이
눈길 한번 주지 않는다는 아내들의 불평은 새삼스런 얘기가 아닙니다.

– 헬렌 켈러, 『사흘만 볼 수 있다면』 중에서

*

눈을 뜨고 있지만 보고 싶은 것만 보고

듣고 있지만 듣고 싶은 것만 듣고

먹고 있지만 기름진 것만 찾아 헤매는 우리들.

chapter 12

인생의 8할은 독서

커리어를 갖춘다는 것

카페에 앉아 있는데 저만큼에서 한 여자가 걸어왔다. 첫눈에 봐도 전문 직종에 종사할 것 같은 세련된 외모였다. 내 옆에 자리를 잡더니 차분하게 커피를 주문했다. 그 여자의 일거수일투족이 궁금했다. 내 나이 또래쯤 돼 보이는 세련된 여자라서, 발그레한 복숭아 빛 피부를 잘 가꾸어 온 여자라서 더 멋있어 보였다. '어쩜 저리 잘 관리했을까?' 생각하고 있을 때쯤, 여자는 누군가와 통화를 시작했다. 방송국 어쩌고 하는 이야기를 봐서 그쪽 계통에 근무하는 것 같았다. 나는 직감적으로 여자가 커리어가 높다는 것을 알아차렸다.

"글쎄 말이야, 더러워서 못해먹겠다니까."

"누가 아니래."

"배운 게 도둑질이라고 이것 밖에 할 수 없으니 정말 미치겠다."

결코 들으려고 해서 들은 건 아니다. 카페의 특성상 옆에 앉아 있으면 정말 괴롭게 남의 이야기를 듣게 된다. 커리어를 쌓는다는 것은 어떤 것일까? 사전에서 찾아보면 어떤 분야에서 겪어온 일이나 쌓아온 경험의 업적, 평가라고 적혀 있다. 나는 참치 캔을 따다가 손을 베었다. 시간이 빠듯해 밴드도 붙이지 않고 저녁을 준비했다. 몸이 아파 고열이 날 때도 시댁 부엌을 종종거렸다. 내 커리어를 쌓기 위해 바람 잘날 없는 날들을 보냈었다. 하지만 어찌된 일인지 그렇게 쌓은 커리어는 업적이나 평가로 돌아오지 않고 즐겁지도 않았다.

"도망은 탈출구 자체를 목적으로 하지 또 다른 선택을 전제로 하는 것이 아니다."라고 김해남 작가는 말한다. 그렇다면 지금까지 쌓아올린 내 커리어는 시간이 지나면 없어져버리는, 침대 밑에 날리는 머리카락이었을까? 내 얼굴 속 수줍은 주름들이 하나씩 늘어날 때마다 내 커리어는 호들갑을 떨며 그토록 웃었을까? 엄마, 아내, 주부라는 이름을 빼고 나면 남은 차가운 응어리들은 나를 펄펄 끓어 올리며 증발시켜버리는 수증기였을까? 내 커리어는 지금껏 한 번도 보지 못한 작품들이었다. 패턴이나 규칙 없이 묵묵히 해내던 다채로운 조각보였다. 커리어는 밖에서 이룬 업적만이 전부가 아닐 것이

다. 직책이 높다고 커리어가 높아지는 것도 아니다. 아이를 키우고 살아왔던 모든 것이 여자의 커리어이다. 여자의 작품인 것이다.

이지성의『여자라면 힐러리처럼』에서는 60대가 되어도 섹시한 여자를 만날 수 있다. 힐러리의 일대기는 같은 여자가 봐도 드라마틱하다. 그녀의 어록 몇 개를 읽으면서 잠시 마음의 여행을 떠나 보자.

- 커리어를 가진다는 것과 인생을 즐긴다는 것을 혼동하지 마라.
- 여성이 어떻게 살아야 하는지에 대한 공식은 없다는 걸 이해해야 한다. 모든 여성이 자기 자신과 가족을 위해 내린 결정을 존중해야 하는 이유다. 모든 여성은 신이 주신 잠재력을 실현할 기회를 얻을 자격이 있다.
- 늘 높은 목표를 가지고, 열심히 일하고, 당신이 믿는 바를 깊이 아껴라. 그리고 발을 헛디뎠을 때는 믿음을 지켜라. 쓰러졌을 때는 곧바로 일어서고, 당신이 계속할 수 없다고 하거나 계속해선 안 된다고 말하는 사람의 말을 절대 듣지 마라.
- 나는 내 카드를 고른다. 내 능력을 최대한 발휘해 그 카드를 사용한다.

8할을 독서로 채우면서 삶에서 가장 소중한 사람은 '나'라는 사실을 깨달았다. 2할은 내가 채우고 싶은 것들로 채워나갈 것이다. 비밀로 간직하고 있는 것들, 나를 들뜨게 하는 것들로 채워볼 생각이다. 여자의 커리어는 바흐의 무반주 첼로 모음곡이 아니다. 여자의 커리어는 순간에 최선을 다하고, 절망을 꽃피워내고, 삶의 의미를 깨달아 가며, 앞으로 묵묵히 걸어가는 발걸음이다. 그렇기에 커리어를 갖췄다는 것은 직책의 유무나 사회적 성공에 상관없이 자신이 속한 삶의 테두리 안에서 조화를 갖추고 자신을 사랑한 사람이라고 말하고 싶다. 그녀의 목소리에 귀를 기울여 보자.

김진애의 『한 번은 독해져라』에 '모자람'에 대한 이야기가 나온다.
"능력 역시 마찬가지다. 가장 신날 때란 역시 모자라는 것을 채우고 싶고, 채우고 나면 무언가 달라질 것 같이 가슴이 두근두근할 때다. 그 모자라는 것을 채우면서 어떤 일을 해낼 때, 겨드랑이에 날개가 돋는 듯하고 가슴이 부푸는 것을 느낀다."

죽을 때까지 약간은 모자라다고 느끼며 살 수 있다면, 우리는 분명 죽을 때까지 즐거운 마음으로 사는 동시에 죽을 때까지 자랄 것이다. 그리고 확실한 것은, 우리는 영원히 모자랄 것이라는 사실이다. 모자람의 전략은 우리의 인생에도 비유된다.

가파른 비탈에서 미끄러져 떨어진 후
다시 일어나 달릴 것인지
주저앉아 아쉬워만 할 것인지는
우리의 선택에 달려 있다.
— 캐럴 앤셔, 『아쿠아 마린』 중에서

＊

나처럼 평범한 인간도 이따금씩 엉뚱한 일을 벌인다.
그 엉뚱한 일이란 무조건 달리는 것이다.

chapter 13

세상을 볼 줄 아는 눈

우주님이 가르쳐 준 말버릇

나는 『주역』에 대해서 잘 모른다. 하지만 관심은 많아서 얼마 전 『주역』에 관한 책을 한 권 샀다. 그 속에서 한 가지 사실을 알게 되었다. 운을 달아나게 하는 것 중 가장 큰 것은 첫 번째가 싸움이고 두 번째가 미움이라는 것이었다.

『주역』에 대해서 모르더라도 수긍할 것이다. 고개가 절로 끄떡여지는 대목이 아닐 수 없다. 사람들은 상대방을 이기는 것이 승리라 생각한다. 다크 서클이 드리워지고 핏발 선 목대를 자랑하며 소리를 지르는 행위가 때에 따라선 멋있어 보일 수 있다. 하지만 운이라는 관점에서 살펴보면 그것은 운을 달아나게 하는 행동이다.

자신이 빨아들일 수 있는 운을 흩어지게 할 뿐만 아니라 뇌에 타격을 줄 수 있는 행동이다. 말버릇은 행운이 오도록 길목을 터놓는 것과 같다. 좋은 운이 오도록 길목을 열어두어야 한다. 같은 말이라도 순화해서 말할 수 있다면 우주의 기운은 당신을 도울 것이다.

책의 관점에서 볼 때 독서 습관도 좋은 운을 부른다. 생활 속에서 이루어지는 운동이나 명상도 운을 부를 수 있는 좋은 행동들이다. 처음엔 길들이기 어렵지만 한번 몸에 배면 멋진 일들이 일어나는 건 시간 문제다. 나는 잠들기 전에 행운을 부른다.

첫째, 반신욕을 한다. 몸을 따뜻하게 데우면 잠자고 있는 몸의 기관들이 날개를 달고 날아오르는 것 같다. 마음이 한결 넓어지고 여유로워진다. 어떻게든 세상에 맞설 힘이 생긴다.

둘째, 기도를 한다. 특별히 종교가 있는 것은 아니다. 습관을 들이다 보니 자연스레 생긴 버릇이다. '오늘도 감사합니다. 정말 감사했습니다.' 사실 이런 기도를 하면서 감사한 일이 있었는지 잘 모르겠다. 손목이 아파 하루 종일 욱신거렸고, 두통이 왔으며 스트레스가 차오르던 괴로운 날이었다. 하지만 잠들기 전에 최면을 걸면 어느 순간 마음이 평온해지고 이불마저 포근해진다.

처음 기도를 했을 때 마음이 간지러웠다. 오랜만에 하느님을 찾고 부처님을 찾아서 그분들도 놀랐을 것이다. 하지만 시간이 지나면 지날수록 기도의 효과는 크다. 되돌아보니 그것도 내게 행운이 되어주었다. 독서를 하면 가장 크게 받을 수 있는 행운은 '자신을 긍정할 수 있는 힘'이 생긴다는 것이다.

고이케 히로시의 『이억 빚을 진 내게 우주님이 가르쳐준 운이 풀리는 말버릇』 중엔 이런 글이 나온다.

"많은 사람들이 우주는 하나라고 생각하지만 그것은 커다란 착각이다. 우주는 모든 사람에게 각각 하나씩 존재한다. 그리고 그 우주는 안에서 발생하는 일, 눈에 보이는 현상, 모든 것이 자기 자신이라는 사실을 잊지 말아야 한다."

편견과 아집이 해결책을 제시할 순 없다. 그런 감정은 일을 크게 만들어 우리의 눈을 멀게 한다. 대신 말버릇을 바꿔보자. 소중한 삶을 끌어안는 사람이 되어 우리 안에서 아름다운 꽃이 필 수 있도록 천천히 바꿔보자. 그러면 어느 순간 행운이 찾아온다. 행운은 한끗 차이다. 그 한끗 차이는 바로 말버릇이다. 우주님은 오늘도 우리에게 행운의 말을 전한다. "괜찮아요. 미안해요, 사랑해요, 감사해요, 고마워요, 수고했어요. 당신 덕분입니다, 고생하셨겠네요, 당신이 더 힘들지요, 기다릴게요, 걱정마, 좋아질 거야, 잘할 수 있어…."

어떤 사람들은 지나치게 많이 갖고
또 어떤 사람들은 지나치게 모자라고
세상은 참으로 불평등한 것인가 보네.
슬픔 말고는 공평하게
주어지는 것이 없으니.
– 오스카 와일드, 『행복한 왕자』 중에서

*

뭔가를 배우고자 한다면 '슬픔'도 배워야 한다.
기쁨은 잠시지만 슬픔은 친구처럼 평생을 함께하기에.

chapter 14

독서, 어디까지 해봤니?

순간순간이 모여 인생이 되는 거야

남편과 역할을 바꾸어본다면 상대방을 이해할 수 있을까? 남편이 녹초가 되어 돌아올 때 나는 상대방 마음을 살핀다. 누군가 내게 그런 의무를 부여한 적은 없다. 하지만 나조차 알 수 없는 감정에 심란해질 때가 있다. 저녁 식탁에 오렌지를 올리고 샌드위치를 꺼낼 때 가족이 싫어하지 않을까 마음을 살핀다. 나는 내 마음보다 가족의 마음을 살피는 내 존재가 당연시되는 게 싫다.

여자들이 넘어야 할 것은 물리적인 거리가 아니라 어쩌면 심리적인 거리인지도 모르겠다. 아주 현실적인 거리부터 혼자 있는 거리가 될 때까지 익숙한 것에서 멀어지고 싶은 자유가 불가능한 일이다.

독서를 즐기는 사람은 호기심이 많다. 표정과 말투에서 어린아이

같은 발랄함이 묻어나온다. 처음 독서를 시작했을 때는 살기 위한 독서가 아니었다. 죽지 않기 위해서 시작한 독서였다. 완전히 소진해버린 날 무언가에 타들어가는 느낌이었다. 내 몸의 에너지가 고갈되고 얼마 안 가 에너지가 완전히 방전되리라는 걸 직감적으로 알아차렸다. 소진은 몇 개월 전이 아니라 몇 년 전부터 서서히 진행된다. 그러다가 어느 날 한번에 폭발적으로 터지는 화재에 가깝다. 직장인뿐만 아니라 학생 주부 그 누구라도 몸과 마음이 붕괴되고 고갈되는 소진의 덫에 걸릴 수 있다.

우리는 사랑한다면 모든 것을 주고 싶어 한다. 그를 기쁘게 하고 싶다. 하지만 내 것을 다 주고도 매번 잃어야 한다면 그것은 사랑이라 말할 수 없다.

소진에서 빠져 나오는 법
첫째, 무리해서 이루려고 하지 않는다.
지금보다 나아지기 위해서 진행하는 모든 일들을 내려놓는다. 힘이 없는 상태라는 걸 인지해야 한다. 되도록 몸과 마음을 쉬어준다.

둘째, 업무를 집으로 가져오지 않는다.
회복하기 위해선 당분간 일을 줄이고 생활방식을 바꾸어본다.

<u>셋째, 급한 일이 아니라면 미루어둔다.</u>

일의 우선 순위가 있다. 아무리 스케줄에 쫓기더라도 급한 일 외엔 미룸으로써 불균형을 막아야 한다.

버지니아 울프는 말한다.

"우리가 혼자 있을 때만이 우리 자신의 삶, 추억, 그리고 작은 것들에 대한 열정적인 관심을 가질 수 있다."

순간순간이 모여 인생이 되지만 느닷없는 순간에 소진은 가시화된다. 독서와 관련해 이런 질문을 받는다.

"독서 어디까지 해봤어요?"

그러면 나는 이렇게 대답한다.

"죽을 때까지."

책은 그물망처럼 사람과 연결되어 있다. 새로운 지식이 썰물처럼 밀려들었다 밀물처럼 빠져 나간다. 독서는 나름의 방식으로 우리의 고통을 어루만지고 연대한다.

이 세상에는 위대한 진실이 하나 있어.

무언가를 온 마음을 다해 원한다면,

반드시 그렇게 된다는 거야.

무언가를 바라는 마음은

곧 우주의 마음으로부터 비롯된 때문이지.

그리고 그것을 실현하는 게 이 땅에서 자네가 맡은 임무라네.

– 파울로 코엘료, 『연금술사』 중에서

*

아무것도 하지 않으면 아무 일도 안 일어난다.

빨간 구두를 신으면 춤출 일이 생긴다.

어디서 들었는지 기억할 순 없지만

이런 말들이 좋아지기 시작했다.

chapter 15

세상에 나쁜 글은 없습니다

너의 위로가 내게 힘이 되었어

앙리 프레데리크 아미엘은 이렇게 말한다.

"오늘 하루를 헛되이 보냈다면 커다란 손실이다. 하루를 유익하게
보낸 사람은 하루의 보물을 파낸 것이다."

나는 물건에 대한 집착은 없다. 지금 가진 것으로도 충분하다고
생각한다. 나를 유혹하는 물건들은 있다. 그림인지 액자인지 분간할
수 없는 가전제품을 볼 때면 지금 당장 필요하지 않지만 눈길이 가
는 건 어쩔 수 없다. 하지만 올해가 가기 전 커다란 책장을 하나 장
만할 계획이다. 그동안 사 모은 책들이 베란다에 쌓여 있다. 책을 방
치하고 있는 것 같아 책에게 미안하다. 길이가 대략 2,400센티미터

정도 되는 책장을 눈여겨보고 있다.

올 연말쯤이면 우리 집에 내가 그토록 기대하던 거대한 살림살이 하나가 들어온다고 생각하니 벌써부터 보고 싶다는 사람이 생겼다. 오래된 책과 신간 책들이 서로 뒤죽박죽되어 친구가 될 것이다. 오래된 책은 신간 책에게 인사를 할 것이다. 꿈꾸는 책들이 꿈꾸는 사람들처럼 서로를 응원하면서 계절을 건너고 시간을 건널 것이다. 글을 쓰다 보니 단어 하나를 선택할 때마다 조심스럽다.

우리 말과 글이 주는 매력이 얼마나 황홀한지 여러분도 알 것이다. 한국말은 끝까지 들어봐야 한다는 말은 우스개 소리가 아니다. '아'와 '어'를 어떻게 사용하느냐에 따라 느낌이나 뉘앙스가 현저히 달라진다. 그래서 우리 말과 글은 어느 나라의 것과 비교해도 뒤지지 않을 만큼 저력 있고 품위 있다. 어쩌면 이런 점들이 우리 말과 글이 주는 위대함이 아닐까 생각한다. 그 소중함을 알기에 나는 우리 말과 글을 지혜롭게 쓰고 싶다.

하지만 글을 쓸 때 나는 잠시 수녀가 된 기분이다. 언어를 다채롭게 써야 할 의무가 있음에도 말이다. 화가들이 자유자재로 컬러를 넘나드는 것처럼 나도 그래야 한다. 언어를 쓸 때 생각지 못한 단어 하나가 상처를 줄까봐 염려스럽다. 말과 글로 상처를 입히고 프라이버시를 침해 할까봐 염려스럽다. 1년간 시 창작을 배운다고 수업을 받은 적이 있었다. 교수님은 이런 말씀을 하셨다.

"세상에 나쁜 글은 없습니다. 나쁜 비난만 있을 뿐이지요."

나는 어디에서도 그런 강의를 듣지 못했다. 가끔 휴게실 벽이나 화장실에서 본의 아니게 비난의 글을 만나면 그저 나쁜 글이라 생각했다. 나쁜 글은 어떤 글일까? 자기 확신에 차서 떠벌리는 글이 나쁜 글이 아닐까 생각한다. 자기 확신에 찬 글은 흥분을 감추지 못하고 벌름거리며 돌진하는 황소 같다. 주위를 살피지 않고 어떻게든 스크래치를 내고야 말겠다는 자세로 덤벼든다. 그런 황소와 겨루기를 한다면 죽음에 이를 것이다. 철학자 버트런드 러셀은 말한다.

"우리 시대의 고통스러운 것들 중 하나는 자신감을 느끼는 사람은 어리석은 반면 상상력과 이해도를 갖춘 사람들은 스스로를 의심한다는 것이다."

언어와 사랑에 빠진 지 몇 년 되었다. 우리의 한글이 이토록 아름다운지 예전엔 미처 몰랐다. 마음을 헤아리는 좋은 글을 만나면 마음에 온기가 느껴진다. 글은 살아갈 힘을 나게 한다. 글에서 위로를 받는다. 좋은 글을 보면 힘들어도 참고 이겨 낼 수 있을 것만 같다. 좋은 글은, '독자의 마음을 훔치는 글'이 아니다. '헤아리는 글'이다.

자존감이란 자신이 사랑받을 가치가 있는 소중한 존재이고
열심히 노력하면 꿈을 이룰 수 있는 잠재력이 있는
사람이라고 믿는 마음이다.
1등이 아니어도, 빼어난 외모를 갖추지 못했어도
그대로의 자신을 사랑하고 긍정할 수 있다면
건강한 자존감을 가졌다고 말할 수 있다.
– 배르벨 바르데츠키, 『너는 나에게 상처를 줄 수 없다』 중에서

*

한때 자존감이 바닥을 치던 때 주문처럼 이 말을 되뇌었다.
'나는 독종이야. 기어서라도 올라가야 해. 그렇게 해야 해.'

4

내일,

다시
시작할
용기를 얻는
하루

chapter 01

뭘 하며 즐겁게 살까

주기만 하는 엄마는 좋은 엄마가 아니야

도대체 나를 포함해 '좋은 엄마'의 기준이 무엇일까. 가정이 더 이상 쉴 공간이 아니라 끊임없이 희생을 요구하는 여자들에게 있어서 말이다.

"좋은 엄마의 이미지는 좋은 아내의 이미지와 마찬가지로 우리의 문화적 심리 속에 너무나 선명하게 새겨져 있다. 좋은 엄마는 언제나 거기 있다가 자식을 위해서 희생하는 사람이다."
  – 셰릴 자비스, 『결혼한 여자, 혼자 떠나는 여행』 중에서

아이들이나 남편의 부탁이나 요구를 거절하면 왠지 내가 나쁜 엄

마나 아내가 된 것 같은 기분에 사로잡힌다. 반대로 가족들은 내가 부탁하고 요구하는 일을 "엄마, 오늘 바빠서 안 될 것 같아요."라거나, "오늘 시간이 좀 안되네."하면서 두리뭉실한 답변으로 거절하기 일쑤다.

까마득한 시절 우리의 엄마들은 자식과 남편을 위해서라면 자신의 심장도 꺼내줄 사람이었다. 물론 지금도 가족의 테두리 안에서 근본적으로 여자의 희생이 더 많다. 분명 내가 선택한 일이었지만 되돌아보면 이런 생각이 든다. 엄마라는 이름으로 살아오면서 과연 주기만 하고 살아온 것이 옳은 일이었을까?

누구나 가족이 있다면 삶의 우선순위가 소중한 가족이겠지만 나보다 가족을 위해 가정 생활을 이어가는 노력이 궁극적으로 자신을 희생해야 하는 일이라면 진정한 내가 될 수 없다. 나 역시 자신보다 가족을 위해 살았던 것 같다. 힘들었던 시절에조차 나보다 가족이 먼저였다. 우선순위가 이렇다 보니 꿈은 멀어졌고 결국 끝나버렸다.

요즘 들어 남편이 집을 비우면 야호! 소리가 절로 나온다. 오늘 저녁 뭘 해먹을까. 고민할 필요 없이 간단한 해결책이 나온다. 아이들이 먹고 싶어 하는 메뉴와 내가 먹고 싶은 메뉴를 이야기한다. 서로 좋아 하는 음식이 다를 땐 가위바위보로 정한다. 먹고 싶은 음식을 주문해놓고 기다리는 동안 설레는 마음을 알 것이다. 택배 아저씨 보다 탕수육을 배달하는 아저씨의 반가운 목소리가 나를 위로한다. 좋아하는 음식으로 저녁을 해결하고 저녁 준비에 소진하지 않은 내 에너지를 모두 끌어다 접어둔 책을 꺼내 읽는다. 내 삶을 남편과 아이들이 구원해줄 것이라는 생각은 대단한 착각이다. 온갖 자질구레한 일들이 내 몫이라는 생각을 벗어나면 우리가 추구하는 '자아'에 한 발짝 다가갈 수 있을 것이다.

가족이 위로를 건넬 수 있지만 내 안의 궁극적인 문제는 스스로 해결해나가야 할 문제이다. 우리는 그러한 사실을 알고 있기에 독서에 매진한다. 좋은 엄마란 마냥 주기만 하는 엄마가 아니라 받을 줄도 아는 엄마, 받을 줄 아는 아내가 아닐까. 살아가려면 눈 딱 감고 나만 생각해야 할 때가 있다. 지금이 아니라면 절대 오지 않을 소중한 것을 준비 중이라면 손끝에서 날아가버리기 전에 나만 생각하라.

인생의 후반전을 어떻게 살까 고민 중이다. 앞만 보고 달려오느라 놓쳐버린 것이 많아 아쉬움이 남는다. 하지만 남아 있다는 건 다시 할 수 있다는 뜻이다. 좋은 엄마는 꿈이 많다. 남편과 아이의 꿈뿐만 아니라 자신의 꿈도 응원하니까.

무엇을 잃어버리는 것이 꼭 나쁜 일만은 아니겠지요.

기억 위로 세월이 덮이면 때로는 그것이 추억이 될 테니까요.

삶은,

우리에게 가끔 깨우쳐 줍니다.

머리는 최선을 다하고 있지만 마음은 주인이라고.

– 공지영, 『빗방울처럼 나는 혼자였다』 중에서

＊

흉터만 남을지라도, '사랑' 외에 모든 것은 흘러가는

배경 음악일 뿐이다.

chapter 02

87세와 49세, 두 여자의 이야기

두 여자의 나이 이야기

87세의 여자와 49세의 여자가 대화를 나눈다.

"할머니, 이 나이에 뭘 하죠? 나이를 생각하면 답답하네요."

"네 나이가 어때서, 이제 걸음마인걸……."

연세 지긋한 할머니는 아침에 일어나 샌드위치를 만들고 홍차를 끓인다. 인천에서 서울로 머리를 하러 다니고, 가끔은 꽃 시장에 들러 꽃을 산다. 결혼한 두 딸과 사위가 함께 살자는 말을 가장 싫어한다는 그녀는 백발의 머리를 그대로 간직하며 자신을 드러낸다. 나는 걸음마라는 말에서 웃음이 나왔다. 인생의 절반을 훌쩍 넘어버린 나에게 걸음마라니…. 적어도 걸음마는 20대이거나 30대 정도는 아닐까? 수긍하기 힘들지만 어찌되었든 87세 그녀가 보기에 나는 아직 꽃처럼 고운 나이임에는 틀림없다.

이따금 너무 멀리 와버려서 다시 시작할 수 없는 건 아닌가 하는 불안감에 시달린다. 엄마, 주부, 며느리라는 이름을 떼고 온전한 내 이름으로 살기엔 스스로 침수시켜버린 자아가 너무 오랫동안 상실되어서 무언가를 시작한다는 것이 덜컥 겁이 난다.

39세, 제야의 종소리를 이불 안에서 들었다. 사람들은 새해를 맞이하기 위해 보신각에 몰렸고 TV에서는 인산인해를 이룬 거리를 생중계했다. 얼마쯤 시간이 흐르자 알 수 없는 눈물이 솟구쳤다. 이불 속에서, 이불을 머리끝까지 뒤집어쓰고 나는 한동안 펑펑 울었다. 그 눈물의 의미는 30대에서 40대로 넘어가기 싫다는 내 억울함의 표출이었던 것 같다. 그렇게 울고 나자 마주하기 싫은 진실과 마주했는데 그렇더라도 삶은 계속 이어진다는 진실이었다.

그리고 10년이 훌쩍 지나 49세에 같은 질문이 앞에 놓여 있다. 하지만 어찌된 일인지 지금은 그때 느꼈던 두려움이나 불안보다 시간이 덤덤하게 느껴진다. 꿈처럼 생의 한 토막이 흐르리라는 사실을 알게 되었기 때문이다. 살아온 날처럼 살아갈 날도 그렇게 흐를 것이라 여겨진다. 사람들은 꿈을 추구하고자 열망 속에서 살아간다. 소

속과 안정, 인정, 욕구나 성취는 우리의 근원적인 열망이다.

사람의 이름 앞에 그 사람을 나타낼 수 있는 컨텐츠는 하나의 파워다. 마린 보이 박태환, 싸이, 가왕 조용필은 이름 앞에 늘 수식어가 붙는다. 이름 하나가 세상 사람들에게 영향을 미치고 희망을 줄수 있다면 그것은 멋진 일이다. 내 글이 한 사람에게라도 동기를 줄수 있다면 49세에서 50세로 넘어가는 나이는 벅찬 일이기에 받아들일 것이다.

내일 지구가 멸망한다면 무슨 걱정을 할까? 아직도 갚아야 할 대출금이나 이번 달에 보내야 할 학원비 걱정을 할까? 그것도 아니라면 나를 괴롭힌 사람을 원망하거나 골탕 먹이기 위해서 머리를 싸맬까? 두말하면 잔소리겠지만 그런 문제가 아니란 것을 여러분도 알것이다.

우리는 좀 더 유쾌해져야 한다. 나이에 연연하지 않고 행복해지기위해, 여전히 가슴이 두근거리기 위해, 의미 있는 시간을 위해, 설레기 위해, 그런 자신을 발견하기 위해 명쾌해져야 발견할 수 있다.

그와 겨루려고 하지 마라.
사랑하는 사람 사이에
누가 이기고 지고 하는 문제는 없는 거란다.
사랑하던 사람들이 싸운다면 그것만으로도
둘 다 이미 패배한 거나 다름없어.
– 펄 벅, 『딸아 너는 인생을 이렇게 살아라』 중에서

*

요새 사람들은 기어이 이기려고 한다. 싸우는 모양새란
요란한 껍데기 싸움인데 그래도 부득부득 이기겠단다.
정말로 사랑하는 사람이라면 더 큰 싸움에 응하라.
그것은 져주는 것이다.

chapter 03

살아 있을 때 하고 싶은 거 다해라

살아있을 때 하고 싶은 거 하렴

작은 키에 비교적 통통한 몸매를 가진 나는 늘 다이어트 생각에 사로잡힌다. 냉장고 앞에 계획표를 세우고 이번 달 감량해야 할 숫자를 빨간색 색연필로 적어놓았다. 냉장고 문을 열고 닫을 때마다 그 숫자가 가슴팍 안으로 들어와 나를 괴롭힌다. 20년 전으로 돌아가고 싶어서 그러는 게 아니라 적정한 체중으로 건강하게 살고 싶은 마음이 크다. 그런데 어찌된 일인지 다이어트는 정말 힘들다. 다이어트를 해야 한다고 늘 입에 달고 살면서 음식 앞에선 잊어버리기 일쑤고 특히 아이들이 치킨이라도 시켜 먹는 날이면 억눌린 본능이 끝없이 일어난다.

모두들 날씬한 몸매가 아름답다고 치켜세우는 시대를 산다. 하지만 내 몸의 어딘가에선 끊임없이 요구하는 탄수화물을 인내하기란 본질적으로 불가능하다. 건강한 몸과 건강한 마음이란 그토록 어려운 것일까.

유방암 4기 진단을 받은 친구 어머니는 병원에서 돌아왔다. 커피 한 잔을 시원하게 마시더니 대청소를 하자고 말씀하셨다. 아픈 몸이니 쉬어야 한다는 만류에도 불구하고 커튼을 걷고 베란다 창틀을 닦아냈다. 방안을 깨끗하게 정리하고 어머니는 뭔가를 쓰기 시작했다.
"살아 있을 때 하고 싶은 거 하렴."

죽기 전에 비행기를 꼭 한번 타 보고 싶다며 여행을 떠났다.
몸을 만드는 일은 어렵다. 건강한 몸을 만드는 일은 더 어렵다. 눈부신 마음을 만드는 일은 더할 나위 없이 어렵다. 사람들이 건강한 몸이 아니라 아름다운 몸매를 만들기 위해서 음식을 먹지 않고 적대하는 걸 보면 재난이라는 생각이 든다. 작은 키에 비교적 통통하지만 나는 아름답다고 생각한다. 비록 거울 앞에서 비만으로 인해 자신감이 살짝 떨어진 날도 있지만, 산드로 보티첼리가 그린 그림속의 여인들은 하나같이 통통하고 매혹적이었다.
삶은 예측할 수 없는 것들의 연속이다. 친구 어머니는 비교적 통통하신 편이었다. 비만이 아름답다는 걸 친구 어머니를 통해서 보았다. 살이 빠져버린 앙상한 몸, 맛있는 음식을 먹을 수조차, 맘껏 먹을 수조차 없는 상황에 직면하면 꼭 날씬한 것만이 최고는 아니라는 사실을 알게 될 것이다.

누구나 꿈꾸는 자신만의 모습이 있다. 마음속에 그 모습을 그리며 살아간다. 자신만의 모습을 그릴 수 있다는 것은 삶에 희망이다.

막심 고리키의 소설 『어머니』를 읽고 난 후 내가 꿈꾸는 모습은 마음이 건강하게 사는 것이다. 정부의 탄압이 가혹했던 1890년, 고리키는 속수무책 무너져가는 사람들을 지켜보아야 했다. 알코올 중독자인 아버지는 매일 폭력을 일삼았다. 하지만 어머니는 밤마다 철학책을 읽어주었다. 자신의 삶에 거대한 것이 표출되기 시작했다. 어머니가 읽어준 책을 통해 세상에 눈을 뜨게 되었다. 두려움과 맞설 용기를 책을 통해 배웠다. 두려움을 체계화시키고 두려움을 자신의 것으로 받아들였다. 그 모든 것은 어머니가 읽어주던 책 때문이었다.

율곡 이이를 잘 키워낸 위대한 어머니 신사임당, 그녀는 어린 시절부터 남다른 재능과 더불어 영혼의 주인공이었다. 여성이라는 이유로 차별 받던 시절 그것에 굴하지 않고 희망을 노래했다.

아놀드 베네트영국의 소설가는 이렇게 말한다.

"책은 인생이라는 험한 바다를 항해하는 데 필요하도록 남들이 마련해주는 나침반이요, 망원경이요, 지도이다."

날씬한 몸은 아름답다. 통통한 몸도 아름답다. 건강한 몸은 말할 것도 없다. 나는 건강한 몸과 건강한 마음을 원한다. 날씬해지기 위해서가 아니라 키에 맞는 체중을 유지하며 내 몸이 받아들일 수 있는 맛난 음식을 음미하며 살고 싶다. 또한 유식해지기 위해서가 아니라 건강한 영혼을 위해서 책을 읽을 뿐이다.

모든 일은 다 그럴 것이다.

한 번의 페달이 쌓이고 쌓여

먼 거리를 달려가게 하듯이 1시간 1시간

하루하루의 노력이 쌓여 커다란 일을 이루게 되는 것이다.

그것이 인생에서 무언가를 이룰 수 있는 유일한 공식 아닐까.

　─하다 케이스케, 『달려라』 중에서

＊

한 번의 페달만으론 목적지에 이를 수 없다.

여러 번 굴리고 굴려야 도착한다.

자전거 페달은 우리의 인생처럼.

정신을 번쩍 차리고 앞으로 계속 굴려야 한다.

chapter 04

하고 싶은 일을 한다는 것

소유보다 경험을

외국 사람들은 퇴직하고 나면 행복의 조건을 친구로 꼽지만 우리 나라 사람들은 행복의 조건을 돈이라 생각한다는 기사를 어디에서 본 적이 있다. 물론 아직 그 나이가 아니어서 실감할 수 없지만 돈이 전부가 아닐 것이라는 생각은 한다. 〈박원숙의 같이 삽시다〉란 프로 를 즐겨 보는 편이다. 얼마 전엔 홍여진이 나와 "김영란을 좋아했던 오빠들 반은 죽었다."란 말에 한참을 웃었던 기억이 난다. 한 시대를 주름잡았던 여배우들이 친근한 이웃집 아주머니처럼 느껴지는 좋은 프로그램이라는 생각이 든다.

건강한 소유가 되려면 공작새처럼 뽐낼 필요는 없다. 날개 길이가

짧은 새일지라도 용기 있게 나누겠다는 마음만 있으면 가능하다. 자신이 가진 물질을 내놓으라는 게 아니다. 사람들과 어울려 새롭게 경험하고 모험을 해보라는 말이다. 아마추어지만 시 쓰는 걸 좋아해 사람들과 작은 모임을 하고 있다. 등단한 사람도 없고 그저 시가 좋아 흥얼거리는 모임이다. 비용도 비교적 적게 드는 모임이고 무소식이 희소식이라고 갑자기 번개 모임으로 만나 자신이 써 놓은 시를 들고 낭송한다. 아드레날린은 이때 대방출된다.

노예처럼 시간을 보내다가 몇몇이 번갈아 가며 읽는 시 몇 편이 나에게 주는 에너지란 이루 말 할 수 없다. 돈이 한가득 쌓여 있다 할지라도 결코 그것과 견줄 수 없는 새로운 모험은 기쁨이 크다. 하고 싶은 것을 해보자. 마음이 가는 곳으로 가보자. 나와 어울리는 곳으로 걸어가자.

그런 의미에서 몇 가지 팁을 적어본다.

첫째, 발칙한 상상을 하라.

여기서 '발칙한'이란 말은 조금은 엉뚱함이 내포되어 있다. 별 볼 일 없는 일상에 색을 입히는 것이다. 점심을 먹고 동료와 수다를 떠는 게 일상이라면 오래되어 잊혀진 친구를 찾아 전화를 해보면 어떨까. 남자도 좋고 여자도 좋다.

<u>둘째, 의식적인 긍정의 훈련을 하라.</u>

예를 들면 괜찮은 기분이었는데 갑자기 치밀고 들어오는 나쁜 감정이 끼어들 때 '어, 또 왔네.' 하면서 기분을 흘려보내는 훈련이다.

<u>셋째, 균형 감각을 키워라.</u>

오랫동안 쌓아온 신뢰를 한순간에 무너뜨리는 경우는 대부분 균형 감각을 키우지 못해 생긴 일들이다. 하지만 자신의 균형 감각, 이를테면 어떤 상황에서도 흔들리지 않겠다는 균형은 창조를 만들어 낸다. 하고 싶은 일을 한다는 것은 분명 축복이다.

밥 딜런은 이렇게 말한다.

"아침에 잠에서 깨어 자신이 하고 싶은 일을 할 수 있는 사람이 성공한 사람이다. 아침이 기다려지고 아침이 설레는 사람은 삶을 돈을 위한 도구로 쓰지 않는다. 자신이 좋아하고 좋아하는 사람들과 함께하는 경험을 통해 인생이 충만해진다는 사실을 알기 때문이다."

화장터에 가서

뼈 몇 줌으로 바뀌어 나온 자식을

강물에 뿌리는 일은

크나큰 슬픔이다

정신 병원에 가서

환자복 입고 희게 웃는 누이 동생을 보는 일은

기나긴 슬픔이다

내 삶의 원천이여

원동력인 슬픔이여

사랑은 나를 끊임없이 구속했으나

미움은 이날 이때껏 나를 키웠다

막막한 슬픔이 나를 일으켜 세우곤 했다

미움과 슬픔의 실체를 파악하기 위해

온전히 내 것으로 만들기 위해

울음으로 풀어버리지 않으리

어금니 꽉 깨물고 응시하리

기나긴 미움
크나큰 슬픔의 실체를
– 이승하, 「슬픔의 실체」

*

슬픔은 정신을 번쩍 들게 한다. 그래서 힘이 있다.
슬픔은 나를 해치는 게 아니라 마음의 심지를 키우게 한다.

chapter 05

더 즐겁게 노는 것

버킷리스트 만들어 보기

빵집에서 만난 선배가 물었다.

"너는 말야, 죽기 전에 무얼 가장 후회할 것 같니?"

뜬금없는 선배의 질문에 웃고 말았다. 난데없이 커피를 마시다 던지는 질문 치고는 너무 심오해서 그만 웃음이 터져버렸다. 그 순간 웃고 말았지만 집에 돌아온 후 선배의 질문이 머릿속에서 맴돈다. '정말 난 무엇을 후회하면서 죽을까?'

그런데 그 질문에 대한 해답을 이 글을 쓰면서 찾았다. 이렇게 말하면 독자들 중에 웃는 사람이 있을지도 모르겠다. 살면서 한 번도 이런 대답을 하리라 예측할 수 없었지만 내 마음을 숨길 이유는 없지 않은가.

첫째, 죽을 만큼 사랑하지 못한 것을 후회할 것 같다. 나를 사랑하고 내가 사랑하는 삶을 살리라 다짐했지만 그렇게 하지 못했다.

둘째, 용서하지 못한 것을 후회할 것 같다. 내가 사랑했던 사람들을 넓은 마음으로 용서했어야 했는데 그렇게 하지 못했다.

셋째, 즐겁게 놀지 못한 것을 후회할 것 같다. 인생은 찬란한 피크닉이었는데 걱정과 두려움에만 눈이 멀어 즐겁게 놀지 못했다.

넷째, 돈 걱정을 많이 한 걸 후회할 것 같다. 죽으면 싸들고 가지도 못할 돈에 얽매어 사느라 사랑하는 사람들조차 챙기지 못하며 산 걸 후회한다.

다섯째, 감사하며 살지 못한 걸 후회할 것 같다. 살아 있다는 것만으로도 행복한 삶을 분노하느라 때론 절망에 휩싸여 눈이 멀어버렸다.

나는 애초부터 돈을 많이 벌고 출세할 팔자는 못되었다. 그것은 내 능력 밖이었다. 그래서 원한 적도 없고 바라지도 않았다. 하지만 사랑하고, 용서하고, 재밌게 놀고, 감사하며 사는 일들은 내가 선택할 수 있는 일들이었다.

인생을 유쾌하고 너그럽게 관대하며 친절하게 산다는 것은 큰 능력을 요하거나 두 주먹을 불끈 쥘 일은 아니었다. 굳은 결심을 하지 않아도 얼마든지 할 수 있는 일들이었다. 아껴주는 것도 다 때가 있는데 나는 그것을 알지 못했다. 시간이 흐르고 나니 이제는 마음의 판을 갈아야 할 때가 아닌가 생각한다. 그러지 않으면 사는 것이 겁날 것 같다. 삶에 이유를 대는 온갖 강박관념으로부터 벗어나 더 이상 심오해지지 않으려 한다.

사람은 누구나 버킷 리스트를 가지고 산다. 적어 보진 않았지만 누구나 마음속에 한두 개쯤 이루고 싶은 꿈의 '버킷 리스트'가 있을 것이다. 리스트는 상황에 따라 변한다. 하지만 궁극적으로 우리가 이루고 싶은 열망과 꿈은 자연스럽게 마음속으로 파고들 것이다. 버킷 리스트를 만들어보자.

한 번뿐인 인생 여한 없이 살아 보자. 나쁜 짓만 빼고 다 해보자. 그리고 치열하게 살자. 버킷리스트를 작성한다면 여기에 한 가지를 제안하겠다.

당신이 이루고 싶은 버킷 리스트에 네 가지를 추가하라.
당신이 사랑하는 사람이 있다면 '사랑한다'고 지금 말하라.
당신이 고마워하는 사람이 있다면 '고맙다'고 지금 말하라.
당신이 미안해하는 사람이 있다면 '미안하다'고 지금 말하라.

당신이 용서 받고 싶은 사람이 있다면 '용서해 달라'고 지금 말하라.

살아 있을 때 해야 한다. 살아있을 때 사랑하고 용서를 빌어야 한다. 죽으면 다 꽝이다.

책이 내게 건넨 위로 한 줄

세상의 거의 모든 게임은 많이 가진 자가 절대적으로 유리하다.

하지만 세상에 단 한 가지,

많이 가진 자가 불리한 게임이 있다.

그건 바로 사랑이라는 게임이다.

– 박광수, 『참 서툰 사람들』 중에서

＊

적게 가져서 다행이다. 사랑이라도 마음껏 할 수 있으니

그거라도 내 맘대로 할 수 있으니.

chapter 06

당신의 삶에 가장 큰 재미는 무엇인가요?

혼자 놀기의 진수를 보여줄게

아이들 앞에서 죽도록 싸우는 부부라면 졸혼과 이혼 중에 이혼이 답이다. 자기 일 아니니 무책임하다고 말할 독자가 있을지 모르겠다. 하지만 사랑하지 않는 마음으로 살아간다면 서로가 서로를 기만하며 죄를 짓고 있는 것이다.

나는 한때 졸혼을 고민해본 적이 있다. 물리적, 심리적으로 떨어져 내 공간을 갖는다면 여러모로 유쾌해질 것 같았다. 죽을 때까지 함께 붙어살아야 할까? 평균 수명은 길어져 반세기를 남편과 함께 사는데 그토록 많은 시간을 함께 하다니 놀라울 따름이다. 숨 쉴 수 있는 공간에 대한 욕망은 꼭 여자의 문제만은 아니다. 인간이라면 무의식의 깊은 곳에서 홀로 자유롭고 싶은 욕망이 있다.

"가끔 당신의 재미는 무엇인가요?"라고 묻는다. 사실 산다는 것이 재미로만 살아지는 일은 아닐 것이다. 나는 이렇게 대답한다.

"혼자 노는 것입니다."

독서는 혼자 노는 것이다. 독서에 대한 기대치가 높은 나로선 당연히 혼자 놀기가 재밌다. 그래서 즐거움을 주는 일상의 요소를 꼽으라면 단연코 독서라 말할 것이다.

혼밥과 혼영, 혼독은 우리 생활 속으로 밀접히 들어와 자리잡았다. 지금은 누구나 남의 눈치 보지 않고 자연스럽게 식당으로 들어와 밥을 먹고 영화를 본다. 혼자만의 공간에서 즐기는 이런 시간은 정신적인 공간이다. 누구 눈치 보지 않고 내 존엄성을 지키며 궁극적인 행복에 도달하는 계기가 될 수 있다. 요즘은 혼자 즐길 수 있는 거리가 다양해지고 있다. 혼자 가는 만화방, 혼자 자는 수면 방 등이 그렇다. 카페에서 혼자 조용히 앉아 시간을 보낸다. 그들이 원하는 것은 한 가지이다. 균형감각을 찾고 마음을 회복하는 것이다.

사람은 혼자 있을 때 자신을 잘 발견한다. 사람들과 어울려 있으면 소리에 휩쓸려 내가 무엇을 원하는지 망각해버린다. 하지만 혼자 있으면 마음을 모아 떠날 수 있다.

아이들도 혼자 놀고 싶어 한다. 분명히 말하지만 게임을 할 때도 방해 받길 싫어한다. 우리는 혼자 있을 때 창조적인 것들에 더 쉽게 접근한다. 그래서 혼자 놀기는 고독이 아니라 깨끗한 마음으로 태어날 수 있는 선물이 아닐까. 가족 중 누군가 혼자 있겠다고 말하면 그 시간을 환영해주길 바란다. 그렇게 시간을 보내고 나면 한층 달라진 모습으로 돌아올 것이다.

드라마 볼 시간을 줄이고 소파에 앉아 독서를 하라. 엄마가 변하면 가족이 변한다는 사실을 나는 경험했다. 환경이 바뀌면 가장 먼저 마음이 움직인다. 내가 독서를 하고 난 뒤 가족의 독서량이 늘어났다는 사실은 가장 큰 변화이다.

스티븐 스필버그, 오프라 윈프리, 버락 오바마는 독서광들이었다. 그들은 책의 힘이 세다는 걸 알았다. 요즘 기업은 높은 스펙보다 독특한 이력을 눈여겨본다는 사실을 아는가. 대학 수시에서도 독서 이력을 많이 본다. 자신만의 스토리로 무장한 특별한 인재를 선별하기 위해 그들의 경쟁은 치열하다.

나의 기대가 그에게 족쇄로 채워져서는 안 된다.

내 사랑이 그를 가둬버리면 안 된다.

내 꿈이 사랑하는 이를 짓누르는 수레바퀴가 되어선 안 된다.

그에 대한 믿음으로 그에게 자유를 주라.

내가 할 일은 그를 짓누르는 수레바퀴를 치워주는 것.

─ 헤르만 헤세, 『수레바퀴 아래서』 중에서

*

사랑이라는 이름으로 상대를 구속하거나 억압하는 것들은

모두 '족쇄'다. 그것은 사랑을 점령한 가면들이다.

chapter 07

내 안에 깃든 것 중 가장 강력한 것

정원에 꽃이 필 거야

아이를 키우는 엄마임에도 불구하고 상황에 따라 결정을 못하고 쩔쩔맬 때가 있다. 적은 나이도 아닌데 왜 이리도 결정을 못하나 싶어 선배에게 물어보니 자기는 더 심하다며 웃었다. 아이의 진로 문제나 이사 문제, 재테크 문제 등 인생을 살면서 굵직굵직하게 벌어지는 일들 앞에 나는 늘 헤맨다. 어떤 결정을 내려야 할 때 스스로 결정하지 못하고 친구나 선배에게 전화기를 돌린다.

멘토나 멘티를 찾아 조언을 듣는 것이 이로운 일이긴 하지만 어쩐지 스스로의 문제를 남에게 전가시키는 것 같아서 쓸쓸하다. 그렇다고 언제까지 조언을 들으며 살 수도 없는 노릇이다. 그래서 다 때려치우고 요즘엔 내 스스로 결정해 보려고 훈련 중이다. 마음을 그렇게 먹자 전엔 보이지 않던 것들이 눈에 들어오기 시작했다.

첫째, 혼자 고민하기 시작한다. 이럴까 저럴까 머리를 굴리게 되었다.

둘째, 생각한다. 복잡한 문제를 결정하기 싫어 남편에게 의지하던 의존성을 거두게 되었다.

셋째, 이 결정이 옳은 결정일까. 5번 생각한다. 1번 생각할 때와 5번 생각할 때 똑같은 결론에 도달하면 옳은 결정이다. 하지만 2번 생각했을 때 내 마음 안에서 '잘못된 거야.'라는 생각이 들면 5번이 아니라 10번 정도 더 생각한다.

상황이 이렇다 보니 혼자 고민하고 결정하는 일들이 무척이나 외롭다. 남편이 없는 것도 아닌데 이토록 중요한 일을 끙끙대고 있다니 처량한 생각마저 든다. 하지만 이런 습관을 반복할수록 내 자신이 되어가는 듯한 느낌이 든다. 전과는 비교할 수 없이 나의 내면이 단단해지고 있다. 뭐라 말할 수 없이 대견하고 칭찬해주고 싶은 감정에 사로잡힌다.

『타샤의 정원』으로 우리에게 친숙한 타샤 튜더는 미국 보스턴 출신의 작가이다. 『호박 달빛』이라는 작품으로 데뷔한 후 '칼데콧 상'을 2번이나 수상하며 100권이 넘는 작품을 남길 만큼 죽기 전까지 왕성한 창작 활동을 이어가던 작가였다. 튜더는 인세로 받은 돈으로 시골 버몬트 주에 정착한 후 정원 가꾸기에 열정을 쏟는다.

이혼 후 4남매를 키우며 글을 쓰던 튜더는 순전히 먹고 살기 위해서 창작 활동을 하였다. 평범한 엄마이자 작가인 튜더의 열정은 어디에서 왔을까 하고 곰곰이 생각해 본다. 혼자의 몸이 되어 스스로 결정하면서 드넓은 정원까지 가꾸던 그녀의 손길은 아마도 행복찾기였을 것이다.

누군가의 도움 없이 혼자 결정하고 후회하기를 반복하면서 깨닫게 된다. 내 안의 가장 강력한 것은 스스로에게 부여한 존엄한 삶이라고.

아이를 키우는 입장에서 오로지 나만을 위해서 살기는 힘든 일이다. 하지만 가족과 조화롭게 살아간다면 내 정원에도 꽃이 필 것이다. 주변의 풍경은 거저 피지 않는다. 바람에 흔들리고 밤새 비를 맞은 다음 단단해진 후에야 피어난다.

우리의 삶도 마찬가지다. 생이 6개월밖에 남지 않았다면 타인의 결정이나 이웃의 결정에 따라 소중한 시간을 허비하지 않을 것이다. 그러니 실수나 실패에 연연하지 말고 스스로 결정하라. 스스로 결정할 수 있을 때 삶은 경이로워진다. 멘토가 있다는 건 든든한 일이다.

매일이 전쟁인 여자들에게 멘토의 한마디는 사이다 같은 힘이 된다. 하지만 오랫동안 그들의 결정에 따를 수만은 없는 노릇이다. 설마 죽을 때조차 그들에게 물을 것인가.

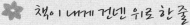
책이 내게 건넨 위로 한 줄

외로울 때는 사랑을 꿈꿀 수 있지만
사랑에 깊이 빠진 뒤에는 망각하기 십상이다.
그러니 사랑하고 싶거든 외로워할 줄도 알아야 한다.
나에게 정말 외로움이 찾아온다면 나는 피해가지 않으리라.
– 안도현, 『외로울 때는 외로워 하자』 중에서

*

사랑이 한없이 고맙다가도 이별이 되어 떠나가면
마음속에 있는 새들이 자취를 감춘다.
마치 오백 원짜리 동전에 새겨진 새처럼.

chapter 08

내가 가장 좋아하는 일

행복한 마음만큼 행복한 거리만

　남자들도 안식 휴가를 원할까? 가끔 궁금해진다. 퇴직 후 산속으로 들어가 몇 달만 살다 오고 싶어 한다는 친구 남편의 얘기를 들었을 때 그런 생각이 들었다. 여자가 혼자 있는 시간을 원하듯이 남편도 집과 떨어져 자신만의 동굴 속으로 들어가 혼자만의 시간을 갖고 싶어 한다는 걸 알았다.

　정확히 기억할 순 없지만 어렸을 때 아버지가 며칠간 집을 비웠던 것 같다. 그때마다 엄마는 적잖이 서운한 모습으로 부엌으로 들어가셨다. 내가 결혼 생활을 오래한 이후에야 인간은 속해 있는 그곳으로부터 잠시 벗어나 혼자 있는 시간을 그리워한다는 사실을 알게 되었다.

아버지는 내 직업이 간호사가 되길 바라셨다. 주사를 무척 싫어하던 내게 간호사라는 주문을 걸었다. 솔직히 내 적성에 간호사는 맞지 않는 직업이었다. 어느 직업이나 그렇겠지만 사명감으로 중무장하지 않으면 힘든 직업이기 때문이다.

세상엔 다양한 직업이 많지만 특히나 병원 계통에 근무하는 사람들을 볼 때면 나는 왠지 존경심이 느껴진다. 아버지의 주문처럼 간호사가 되었다 하더라도 나는 분명 얼마 못가 직업을 바꾸었을 것이다. 훌륭한 직업이긴 하나 나와는 맞지 않는 일이었기 때문이다. 부모들은 자녀의 직업을 자신의 삶과 연결하는 집착이 있다.

부모의 뜻대로 따라주고 부모의 희망대로 직업을 갖길 원한다. 못다 이룬 부모의 꿈을 자식이 이루어줬으면 바란다. 하지만 직업을 말할 때 남들이 알아주는 직업을 말한다면 다행스러운 일이지만 그 직업으로 인해 아이의 인생이 행복하지 않다면 애석한 일이 아닐 수 없다.

나는 주위에 부모의 뜻에 따라 직업을 가졌지만 불행하다고 말하는 사람을 보았다. 삶이 언제나 그렇듯 위태로움의 연속이지만 특히나 그런 경우를 보면 언제 직업을 걷어차버릴지 몰라 마음이 조마조마하다. 성인이 되면 자신의 의견을 피력할 수 있다. 특히나 요즘 같은 경우엔 직장 구하기가 하늘의 별따기인지라 부모 욕심대로 직장을 가질 수도 없게 되었다.

나는 사람들이 직업을 선택할 때 좀 더 멀리 내다보았으면 좋겠다. 자신이 정말 좋아하고 관심 있는 분야인지 먼저 생각해보면 좋겠다. 남들 가는 기업이니 따라 간다는 생각보다 나에게 맞는 방향인지 스스로 질문했으면 좋겠다. 그리고 무엇보다 설렘이 느껴지는 일인지 자문해볼 수 있기를 바란다.

직장과 직업은 다르다. 직장은 일하는 곳이지만 직업은 자신의 적성과 능력에 따라 일정 기간 종사하는 일이다. 그러나 대개 사람들은 직장과 직업을 같은 것으로 착각한다. 이왕에 하는 일, 직업으로 발전시킬 수 있는 일이라면 더 좋겠다.

델마 톰슨이라는 미국의 여류 작가를 아는가? 그녀는 평범한 주부였다. 『빛나는 성벽』이라는 소설로 베스트셀러 작가 반열에 오른 그녀는 자신의 불편함을 아버지께 호소하는 평범한 딸이었다. 군인인 남편을 따라 캘리포니아 모하비 사막 훈련소에 가게 된 델마 톰슨은 뱀이 기어 나오는 장면을 보고 그곳이 지옥이라 생각했다. 척박한 상황을 편지에 써 아버지에게 보내자 아버지의 답장엔 단 두

줄의 글만 적혀 있었다. "두 사나이가 감옥에서 조그만 창문을 통하여 밖을 바라보았다. 한 사람은 진흙탕을, 다른 한 사람은 별을 보았다."

직업은 약간의 용기를 내면 충분히 바꿀 수 있다. 델마 톰슨이 평범한 주부임에도 자신의 재능을 꽃피웠듯이 여러분은 더 잘할 수 있을 것이다.

작가 안데르센 또한 이렇게 말한다.

"나의 역경은 정말 축복이었습니다. 가난했기에 『성냥팔이 소녀』를 쓸 수 있었고, 못생겼다고 놀림을 받았기에 『미운 오리 새끼』를 쓸 수 있었습니다."

좋아하는 일이 성공이다. 좋아하는 일은 피곤함을 모른다. 늘 돌아가고 싶고 돌아가서 행복할 수 있는 일이라면 그것이 당신이 좋아하는 일이다.

요가하는 사람들은 왜 늘 그렇게 심각해?

이렇게 심각한 얼굴 하면, 좋은 에너지가 도망가.

명상하기 위해서는 미소만 지으면 돼.

얼굴에 미소. 마음에도 미소,

그러면 좋은 에너지가 와서 나쁜 에너지를 깨끗이 씻어낼 거야.

간으로도 미소를 지어야 해.

오늘 밤 호텔에서 연습해 봐.

서둘지 말고, 너무 열심히 하지도 마.

너무 진지하면 병에 걸려.

미소를 지으면 좋은 에너지를 불러올 수 있어.

오늘 수업은 여기까지.

– 엘리자베스 길버트, 『먹고 기도하고 사랑하라』 중에서

＊

신이 인간에게 내려 준 가장 큰 선물은 미소다.

어떤 시련이라도 깔깔거리는 웃음을 날릴 수 있다면

고통을 관통할 수 있다.

chapter 09

함부로 대접할 수 없는 삶

타인에게 친절하게 대하기

아이를 키우는 입장이다 보니 행여 아이들 생각을 미처 따라가지 못해서 꼰대 소리라도 들으면 어떡할까 걱정이 된다. 사실 난 약간 의 고집이 있는 편이다. 그렇다 보니 작은 아이에게 그런 소리를 딱 1번 들은 적도 있다. 하지만 이건 약과다. 하루는 아이와 장강명 소 설에 대한 이야기를 나누던 중이었는데 본의 아니게 꼰대 같은 소리 를 하고 말았다. 아이를 이겨 먹지 못해 씩씩거리던 나는 그날 분명 꼰대였다. 참고로 아이는 독서력이 엄청나다.

어떻게 나이를 먹어갈까? 어떻게 예쁘게 늙어갈까? 요즘 그런 고 민에 살짝 빠진다. 솔직히 앞날이 걱정 아닌 사람이 없을 것이다.

누구나 노년을 두려워한다. 평균 수명이 늘어나면서 우리나라 치매 인구는 기하급수적으로 늘고 있다. 학력도 높고 사회적으로 성공한 사람이 치매로 고생하는 걸 보면 노년의 병은 학력이나 빈부의 차이와는 상관없는 모양이다.

근래 들어 화나는 일이 좀 많아지고 있다. 이유가 무엇인지 모르겠지만 갑자기 화가 치밀어 오른다. 심장을 쫄깃거리게 만들던 1년 전의 일이 마음을 훅 치고 올라오는가 하면 상대방은 궁금하지도 않을 지나간 일을 쏟아내느라 진땀을 빼는 것이다.

몸과 마음은 같이 간다. 몸이 아프면 마음이 아프고 마음이 아프면 몸 여기저기에서 신호가 온다. 노년의 삶이 건강하려면 조금 젊을 때 지금부터 하나씩 준비해야 한다. 돌탑을 쌓듯이 시간을 그렇게 쌓아 올려야 한다. 아주 오래전 신문에서 읽은 내용이다. 꽤 인상 깊어서 소개해본다.

"어떤 목사님이 이런 사람이 부자라 말씀하시는데 귀가 확 열립니다. 친구의 부와 명예, 미모에 질투하지 않고 축복해줄 수 있는 사람! 남을 위해 지갑을 열 때 아깝지 않은 사람! 내 아이가 보통의 사람으로 성장하는 것에 감사할 줄 아는 사람! 밥 한 그릇! 간장 한 종지! 그 일용할 양식에 진심으로 감사하는 사람! 새 소리에 마음을 열고 나무와 대화할 수 있는 사람! 냉소적인 비판 보다는 부드러운 칭찬에 익숙한 사람! 죽음에 자신 있는 사람! 여러분은 몇 개나 해당 사항이 있으십니까?"

나는 좀 더 품격 있는 노년을 맞고 싶다. 아이를 이겨먹기 위해서가 아니라 너그럽게 이해해 줄 수 있는 엄마로 말이다. 그러기 위해선 지금부터라도 의식적인 훈련을 거듭해 나아가야 한다. 그래서 생각한 내용들을 몇 개 정리해보았다.

첫째, 롤 모델을 정하라. 가까운 지인 중에 '아, 나도 저 사람처럼 늙고 싶다.'라고 생각하게 되는 사람이 있을 것이다. 인격이 높고 너그러운 사람을 미리 찜해 두어 롤 모델을 삼자.

둘째, 모든 걸 스스로 결정한다. 먹는 것, 입는 것, 운동하는 것, 잠자는 것, 인간의 가장 기본적이고 사소한 것들을 스스로 결정하는 연습을 한다.

셋째, 취미 활동을 2개 정도 만든다. 산책이나 요가, 등산도 좋다.

독서나 글쓰기도 좋다. 미리 취미를 만들어 지금부터 하는 것이다.

넷째, 친구를 많이 사귀자. 함께 보내면 불평불만만 늘어놓는 사람은 경계한다. 전염될 소지가 많다. 대신 함께 있으면 즐거움을 느낄 수 있는 사람, 에너지를 받을 수 있는 사람을 미리미리 사귀어둔다.

다섯째, 타인에게 친절하게 대하자. 매일매일 만나는 사람에게 미소를 보일 수 있다면 그 사람은 멋진 사람이다. 미소에선 여유로움이 묻어난다. 똑같은 주름이라도 미소를 보이는 얼굴에선 알 수 없는 품격이 묻어난다.

여섯째, 죽을 때까지 할 수 있는 일을 찾자. 어떤 일이든 상관없다. 하루에 몇 시간만이라도 내 열정을 불태울 수 있다면 살아 있다는 증거이다.

일곱째, 책을 많이 읽자. 앞으론 로맨스 소설을 많이 읽을 생각이다. 무뎌져 가는 내 가슴에 사랑이 피어오르도록 채울 생각이다.

<u>여덟째, 열정 있는 패션을 유지하자.</u> 장롱에 들어있는 검정색, 갈색, 고동색 옷은 쓰레기통에 버릴 생각이다. 대신 빨강색, 초록색, 살구색 등의 옷을 사 내 열정을 살릴 것이다.

급이 다른 엄마가 되고 싶다. 사랑하는 아이들에게 품격이 느껴지는, 눈에 보이는 미모가 아니라 마음에서 느껴지는 미모를 가진, 의연함을 잃지 않는 그런 급 있는 엄마이고 싶다. 프랑스 여자들처럼 나이를 가늠할 수 없게 나이들면서 점점 아름다워지는.

책이 내게 건넨 위로 한 줄

직업적 위기감career crisis은 일요일 저녁에 찾아온다.
해가 지기 시작하면 내가 가진 희망과 현실 사이의 간격이
고통스러울 만큼 크게 느껴져 베개에 얼굴을 묻고 흐느낀다.
– 알랭 드 보통, TED 강연 중에서

*

살아 있으니 출근도 하고, 살아 있으니 사람들도 만나고
살아 있으니 월요일 아침이 온다.
슬프고 우울한 월요일이지만 그래도 살아 있으니
그 모든 것이 가능한 것.

chapter 10
내 안에 분명히 들어 있는 오기

그녀는 달란트가 있다

　수많은 경험을 한다 하더라도 독서를 통한 간접경험만큼 다양한
조합을 보긴 힘들 것이다. 그래서 책은 무한한 가능성을 가진다. 독
서하는 삶이 가족을 바꾸고 독서하는 삶이 나라를 바꾼다. 이러한
가능성은 모두의 삶으로 퍼져 뿌리를 내리고 온기를 퍼트릴 것이다.
나는 책이 미치는 영향이 이런 점이라고 생각한다.

　운이 좋다면 한 권의 책을 통해 인생이 뒤집어지는 경험을 할 것
이다. 내가 그랬다. 몸이 아파 약을 먹어야 했을 때 책을 먹었다. 책
을 잘근잘근 씹었다. 그랬더니 바로 그날 그곳에서 놀라운 일들이
일어났다. 위험천만한 마음을 뚫고 어디선가 들려오는 소리가 있었

다. 자신감이 생겼고 그 모든 걸 견딜 수 있을 것 같은 용기가 솟았다. 그렇다. 나는 독서를 통해 거듭나고 있었다. 우리의 영혼이 몇 번을 복용하면 되는 약물처럼 잠시 괜찮았다가 누군가 악화시키면 튀어오르는 일은 아닐 것이다.

타인이 성공하면 대단한 뒷배경이 있을 것이라 짐작하는 우리들은 금수저를 부러워한다. 억세게 돈 많은 부모를 만났거나 성공한 사람들을 보면서 내가 갖지 못한 것들이 부러워 양가감정을 갖는다. 하지만 성공한 사람의 이면을 들여다보면 어렵게 살아온 그들이 책을 가까이 했다는 사실을 알게 된다. 유학원을 운영하는 친구는 사실 영어 한마디 못하는 왕초보였다. 호주로 유학을 떠났을 때 그녀는 이제 막 고등학교를 졸업한 후였다. 부모님은 동생을 잘 보살펴주길 당부했다. 무조건 비행기를 타고 호주에 도착했을 때 두려움이 엄습했지만 동생을 보살펴야 한다는 그 생각뿐이었다. 손짓발짓을 해가며 몸으로 영어를 터득했다. 그래서 그녀가 처음 시작한 아르바이트는 접시 닦기였다. 이제는 어엿한 유학원 원장이 된 그녀가 말했다.

"외국 생활 미치게 외롭더라. 하지만 너 알지? 오기 말야. 사실 나, 그거 하나로 버텼어."

우리는 누군가 어떤 일을 해내면 대단한 무언가가 있을 것이라 생각한다. 남에게 지기 싫어 한다면 이 글을 읽어보라. 그녀는 칭기즈 칸의 명언을 좋아했다.

집 안이 나쁘다고 탓하지 말라.
나는 아홉 살 때 아버지를 잃고
마을에서 쫓겨났다.
가난하다고 말하지 말라.
나는 들쥐를 잡아먹으려 연명했고
목숨을 건 전쟁이 내 직업이고 내 일이었다.
작은 나라에서 태어났다고 말하지 말라.
그림자 말고는 친구도 없었고
병사로만 10만! 백성은 어린애, 노인까지 합쳐
2백만도 되지 않았다.
배울 게 없다고 힘이 없다고 탓하지 마라.
나는 내 이름도 쓸 줄 몰랐으나 남의 말에 귀기울이면서
현명해지는 법을 배웠다.
너무 막막하다고 그래서 포기해야겠다고 말하지 말라.
나는 목에 칼을 쓰고도 탈출했고 뺨에 화살을 맞고

죽었다 살아나기도 했다.

적은 밖에 있는 것이 아니라 내 안에 있었다.

나는 내게 거추장스러운 것은 모조리 쓸어버렸다

나를 극복하는 그 순간 나는 칭기즈칸이 되었다

칭기즈칸의 명언을 읽으면 오장육부에 오기가 발동할 것이다. 그
오기는 당신의 달란트이다. 누구나 가지고 있지만 아무도 개발하지
않은, 평생 내겐 없을 것이라고 스스로 포기해버린 달란트다. 삶의
궁극적인 목표는 달란트를 찾아가는 일이다. 내 강점을 찾는 것이
다. 스스로를 행복하게 만드는 것이다. 소중한 내 경험을 좋은 그릇
에 담아 나와 타인과 사회를 위해 선한 영향력을 베푸는 것이다.

피어라 피어라 하나의 꽃

어딘가에 숨어서 숨죽이는 꽃

찾지 못했다고 말하지 말라.

진흙 반죽 속에서 조금씩 내가 되어 걸어나오는 진흙 인간처럼

사랑은 내가 꾸는 꿈이 나를 찾아 헤매는 순간이어서
번번이 아침은 실패한 꿈을 물컹한 몸으로 바꿔놓는다.

– 신용목, 「진흙 반죽 속에서 조금씩 내가 되어 걸어나오는 진흙 인간처
  럼」 중에서

*

계산적인 사랑에 신물이 난다. 요즘은 죄다 그런 사랑이다.
사랑을 지켜줄 줄 아는 '진흙 인간' 같은 '사람'이 그립다.

chapter 11

책을 선물하세요

너에게 줄 선물은 따로 있어

결혼하고 남편에게 받은 선물은 잠옷이었다. 분홍 레이스가 들어간 사랑스러운 실크 원피스였는데 잠옷이 너무 예뻐서 한동안 입지 않고 옷걸이에 걸어둔 적이 있다.

누군가에게 선물을 준다거나 뜻하지 않은 선물을 받게 되면 우리의 기분은 으쓱해진다. 그래서 선물은 사람과 사람 사이를 이어주는 친밀한 연결고리가 아닐까.

미국 작가 대니얼 핑크는 이렇게 말했다.

"어떤 일이 주는 즐거움 자체에서 나오는 '내적 동기'야말로 인간을 움직이게 하는 강력한 원동력이다."

나는 책 선물을 좋아해 집 앞 서점에 들른다. 책을 고르고 포장지를 구입해 직접 포장하며 아이들의 기념일에 책을 산다. 아이를 생각하면서 비록 아이가 읽지 않을지라도 언젠가 읽겠지 싶어 책 앞장에 몇 마디의 손 편지도 꾹꾹 눌러 쓴다. 상대방을 생각하면서 준비한 선물은 뭐라 설명할 수 없는 기쁨을 느끼게 한다. 특히나 책 선물은 한 권의 책을 통해 한 사람의 인생을 바꿀 수 있는 강한 힘을 지녔기 때문이다.

24년간의 결혼 생활에 마침표를 찍은 친구에게 엘리자베스 길버트의 『먹고 기도하고 사랑하라』라는 책을 선물했다. 나는 그 친구에게 섣부른 위로를 건네지 않았다. 이혼은 누구에게나 찾아오는 삶의 형태 중 하나이기에 그 친구의 선택을 존중했다. 이탈리아, 인도, 인도네시아 3개국을 방문하며 내면을 치유해가는 작가가 드디어 행복을 다시 찾은 내용처럼 친구도 그러하길 바랐다.

"침대로 돌아가, 왜냐하면 난 널 사랑하니까. 침대로 돌아가. 지금 당장 네가 할 수 있는 건 해답을 알게 될 때까지 휴식을 취하고, 자신을 잘 돌보는 일이니까. 침대로 돌아가, 그래야 폭풍우가 닥칠 때 상대할 수 있을 만큼 강해질 테니까. 그리고 폭풍우가 다가오고 있

어. 아주 굉장한 놈이. 금방 닥칠 테지만 오늘 밤은 아니야. 그러니까. 침대로 돌아가, 리즈."

책 선물을 받은 친구가 말했다.
"당분간 여행을 떠날거야."

직장맘이나 전업맘은 하루하루가 전쟁 같은 시간을 보내고 있다. 삶의 균형을 이루며 살아간다는 것이 만만치 않은 일이어서 조금만 유연성이 떨어져도 마음이 힘들어진다. 그런 의미에서 선물은 내가 나에게 건넬 수 있는 작은 보상이다. 선물할 때 한 가지를 더 해보자. 짤막한 손 편지를 써서 마음을 전하는 것이다. 물론 선물만 주더라도 마음을 알겠지만 글이 있다면 좋을 것이다.
미국의 철학자이자 시인인 에머슨은 이렇게 말한다.
"같은 책을 읽었다는 것은 사람들 사이를 이어주는 끈이다."
꼭 책 선물이 아니더라도, 가족이나 부모님께 작은 선물을 해보자. 따뜻한 연말과 새해를 맞이해 선물을 건넬 수 있다면 삶은 향기로 가득할 것이다. 작은 선물이 위로가 되어 다시 1년을 버티게 할 것이다. 선물이란 그런 것이다. 상대를 다독여주는, 최선을 다하게 만드는, 관계를 아름답게 만드는 열쇠이다.

나는 다림질, 세탁, 설거지, 요리 같은 집안일을 하는 게 좋다.

직업을 묻는 질문을 받으면 늘 가정주부라고 적는다.

찬탄할 만한 직업인데 왜들 유감으로 여기는지 모르겠다.

가정주부라서 무식한 게 아닌데,

잼을 저으면서도 셰익스피어를 읽을 수 있다는 것을.

– 타샤 튜더, 『타샤의 정원』 중에서

*

가정주부가 만들어 내는 것은

누구나 할 수 있는 일이 아니다.

그것은 창조물이다.

가족의 행복을 섬기는 한 사람의 손끝에서

피어난 '사랑'이다.

chapter 12

책 쓰기를 하세요

왜 이렇게 피곤하게 살까

내게도 나만의 인생이 있다. 아이들은 그걸 인정해주려 하지 않는다. 노트북을 들고 도서관에 가버릴 때, 남편과 아이는 나를 찾는다. 주말이면 삼시 세끼를 꼭 같이 먹어야 하나. 함께 정을 이어간다는 것이 좋은 일이라 생각하지만 가족은 가끔 나를 확인시킨다. 먹는 것, 입는 것, 자는 것, 그 모든 것을 무리 없이 해내던 시절이 있었다.

하지만 지금 나는 모든 것을 다 해줄 순 없다. 가정이 잘 굴러가도록 돕는 것이 여자 혼자의 힘만으론 가당찮은 일이다. 늘 조치를 취해 놓은 일들을 스스로 하지 못해 매번 전화기를 돌린다면 좋은 제스처가 아니다.

왜 이렇게 피곤할까. 아니 왜 이렇게 피곤하게 살까. 하루 종일 책상에 붙어 앉아 있는 것이 피곤하다. 책을 읽겠다며 도서관을 찾아다니는 것이 피곤하다. 가끔, 아주 가끔 말이다. 글을 쓰는 것이 신이 부여한 최고의 선물임을 알게 되었다. 창조적 욕구를 자극하며 그것을 즐기지만 때론 머리에 쥐가 날 때가령 집안 살림과 글쓰기를 해야 할 때가 있다. 이런 모든 것들이 가끔은 제멋대로 찍힌 스마트폰의 사진들 같다. 사진이 모이고, 모인 사진이 지워지기를 연속적으로 반복한다.

언제나 그런 건 아니지만 글을 쓰다가 날아가버린 원고를 하염없이 보는 날도 있다. 먹통이 돼버린 컴퓨터를 재부팅시키고 머그잔에 냉수를 떠와 벌컥벌컥 마신다. 그러면 다시 지친 내 심신이 고개를 쳐들며 말한다. '너 참 피곤하게 산다.' 남편과 아이에게 문자를 보낸다. '냉장고에 반찬 있고 밥통에 밥 있습니다. 제발 두 손으로 차려서 맛나게 드십시오.'

혼자서 여행을 떠난다면 나는 아무런 걱정을 안 할 것이다. 집이 엉망진창이 되어도 설사 집이 무너진다 하여도 집으로 전화하지 않을 것이다. 내가 가족을 사랑하지 않아서 그런 건 아니다. 누구보다 가족을 사랑한다. 하지만 나도 한번쯤은 의무와 책임에서 벗어나 그럴만한 권리를 부여받고 싶다.

나는 왜 모든 것을 채워 주지 못해 안달일까? 아무 때나 들어왔다 나가기를 반복하는 남편도 그런 생각 따윈 않는데 같은 권리를 부여받고 살면서 왜 나는 내 권리를 쓰지 못하며 사는 걸까? 여러모로 피곤한 인생이다. 하지만 글을 쓰면서 내 안의 이런 욕망이 어느 정도 해갈되고 있다는 걸 느낀다.

오후에 아파트 단지를 걷거나 나무 밑에서 솔방울을 주우면서 사라져버린 내 영혼이 결코 사라지지 않았다는 걸 알게 된다. 식탁에 먹다만 그릇들이 널브러져 있고, 다시 치워야 하는 것이 삶의 연속이지만 내 영혼은 사라지지 않았다.

책 쓰기를 시도한다면 평범한 일상이 비범한 일상이 되는 걸 경험할 것이다. 책 쓰기를 시도한다면 보이는 세상의 모든 것들을 창작자의 눈으로 볼 수 있다. 좋은 재료를 찾기 위해 사물을 살필 것이다. 혹여 나보다 나은 인간이라도 발견하면 그의 좋은 점을 찾기 위해 두리번거릴 것이다.

요리나 수공예, 그림이나 손 글씨, 가죽 공예, 노래, 마음만 먹으면 창작의 힘을 발휘할 수 있는 일들이 많다.

꼭 글쓰기가 아니라도 괜찮다. 사람들 속에서 의미를 찾고 시간을 더해갈 수 있다면 어떤 것이든 괜찮다. 사실 난 책을 쓰려는 생각은 없었다. 초등학교 6학년 때 담임 선생님이 "네 꿈이 무엇이니?"라고 물었을 때 "작가입니다."라는 말을 뱉어내고 웃었던 기억이 난다. 하지만 그 열망이 내 마음 어딘가에 있었던 것 같다.

나는 책이 좋아 읽었고 책을 사랑했다. 그뿐이다. 읽다 보니 재밌었고 재미있다 보니 쓰게 되었다. 정말 그뿐이다. 물론 지금도 대한민국을 독서 강국으로 만들겠다며 원대한 포부를 밝힐 생각도 없다. 또한 독서 전문가도 아니어서 내게 그런 자격은 주어지지 않을 것이다. 하지만 책을 사랑하고 서점을 기웃거리면서 내 안에 축적된 힘이 분출되어 나오는 것을 알게 되었다. 그때 나는 써야겠다고 다짐했다. 서두르지 않으면 영영 날아갈 것 같아 잡았을 뿐이다.

세네카는 우리에게 말한다.
"행운이란 준비된 기회를 만났을 때 나타난다."

처음 글을 쓰기 시작했을 때 신문의 기사를 필사했다. 그리고 좋아하는 작가의 글을 필사했다. 그렇게 한동안 내 글이 아닌 다른 사람의 글을 써보았다. 머릿속엔 여러 가지 글감이 떠올랐지만 나는 이 과정을 거치고 싶었다. 책을 쓰면 좋은 세 가지를 적어본다.

첫째, 자존감을 회복한다.

보상 없는 일을 해내는 주부들이라면 꼭 한번 도전해 보길 바란다. 글쓰기는 성취감을 안겨준다. 조금씩이라도 늘려나간다면 서서히 회복되는 내면의 힘을 찾을 것이다.

둘째, 주도권을 잡는다.

시간에 대한 주도권을 잡을 수 있다. 시간에 끌려가는 사람이 아니라 시간을 끌고 가는 사람이 된다.

셋째, 도전하고 싶은 일들이 많아진다.

꿈으로만 생각했던 일들이 현실화 된다. 자신의 상상력이 뻗어나가는 경험을 할 것이다. 누구나 그렇겠지만 지금도 피곤하다. 하지만 세상이 사랑스럽게 보인다. 책 쓰기는 한걸음을 떼기 위한 혼자만의 작업이다. 떼고 나면 걸을 수 있다.

수많은 지식이나 무기가 아닌 떨어지는 잎사귀 하나에 의미를 부여할 수 있다면 글쓰기는 위로가 되어줄 것이라 확신한다.

지금 나의 삶을 사랑하지 않는다.

너무도 거대해 제거조차 불가능한 허영이란 종양을

달고 사는 나를 사랑하지 않는다.

초조한 자와 여유로운 자의 차이는 현재 자신의 삶을

얼마나 사랑하느냐에 달린 것이다.

─김민서, 『나의 블랙』 중에서

*

나를 사랑하지 않을 때 죽고 싶었다.

나를 사랑하지 않을 때 흔들렸다.

나를 사랑하지 않을 때 왜, 사나? 싶었다.

chapter 13

살롱에서 낭송한 두 편의 시

카페라는 공간에 대하여

1946년 노벨 문학상을 받은 헤르만 헤세는 『데미안』이나 『수레바퀴 아래서』 등 굵직한 작품으로 우리와 친숙한 작가다. 헤세의 가족은 그가 목사가 되길 원했다고 한다. 가족의 요구에 부응하기 위해 14세에 신학교에 들어간 헤세는 목사의 길을 걷기로 한다. 하지만 얼마 못가 신학도의 길을 뿌리치게 된다. 자신이 열망한 작가가 되기로 결심한 것이다. 여러 작품을 발표하면서 유명한 작가의 반열에 오른다. 그는 자신의 모국인 독일을 비판하는 글을 썼다. 그 때문에 모진 고통을 당하게 된다. 하지만 헤세는 굴하지 않았다.

자신의 뜻을 펼치며 작가로서 계속해 글을 써나갔다. 직업에 의미를 부여하는 삶은 위대하다. 끝없는 고통 속에서 자신의 소신을 피력했던 헤세는 두려움을 잃어버리지 않았다.

　우리에게 카페라는 공간은 어떤 의미일까. 우리는 그곳에서 사람을 만나고 사람과 이별하고 사람에게서 위로를 받는다. 어지러운 생각을 지워내고 전력을 다하다가 힘들면 그곳을 찾는다. 고풍스러운 인테리어로 따뜻함을 전해 주는 카페에 들어서면 왠지 모르게 마음을 꾹꾹 눌러 쓴 편지라도 쓰고 싶다. 내 편지를 받아줄 누군가를 기다리는 마음이 된다. 어린아이처럼 동심의 세계로 떠났다 돌아오게 된다. 무한한 가능성이 열려 있어서 자꾸만 상상하고 꿈꾸게 된다. 포근한 이불을 뒤집어쓰고 밖으로 나가기 싫은 곳, 우리에게 카페는 속삭이는 곳이다.

　여기저기에 살롱 문화가 생겨나고 있다. 즐거운 일들이 일어난다. 우리에게 친숙한 작가 시몬 드 보부아르는 살롱에서 연인을 만났다고 전해진다. 실존주의 철학자인 장 폴 사르트르와 사랑에 빠졌을 때 살롱을 이용했다. 그녀의 작품 『레 망다랭』과 『제2의 성』은 여성의 본질을 섬세하게 탐구한 작품으로 전해진다. 『자유의 길』과 『구토』의 대표작을 쓴 사르트르 역시 살롱을 즐겼다.
　『어린 왕자』의 작가 생텍쥐페리는 이런 말을 남겼다.

"카페에는 자유를 위한 길이 있다."

세상살이에 지친 사람들이 잠시 쉬어 가기 위해 문을 열고 들어선다. 그곳은 욕망을 충족시키고 행복하게 한다. 사랑하는 사람을 만나고 이별하는 사람을 만난다. 떠나가는 누군가의 등도 그곳에서 바라본다.

나는 이따금 그곳에 앉아 카푸치노를 홀짝거리고 사람들을 구경한다. 글을 쓰거나 음악을 듣는다. 마음이 고요해지는 그곳에서 바깥 소리를 멈춘다. 내 안의 고요를 담아낸다. 그러면 헝클어진 마음에 위안이 찾아든다. 짓이겨지고 짓밟힌 마음이 스스르 녹아내리며 새살을 기대해 본다.

프라하 까렐교 위에서

— 정명 지음

용서는 가능한 일인가

가슴에 박힌 돌덩어리를 들어올리는 게

그리 간단한 일인가
사람들은 쉽게 말하지
용서하고 잊어버리렴

수천 번 수만 번
너를 용서했다가 나를 용서했다가
가슴이 흘러내린 눈물을 삼키면

심장은 잘게 부서지고 목숨은 별이 되었다

용서는 가능한 일인가
나는 어쩌자고 이 빌어먹을 사랑을
이곳 프라하까지 끌고 왔는가

강물 속에 너를 버리고 눈을 감는다
더는 돌아보지 않을 것이다
까렐교 위에서 비는 내 소원은 그것뿐이었다

분홍 보자기

— 정명 지음

다 먹은 김치통을 보내달라는

엄마의 전화를 받고 분홍 보자기에 곱게 싼

빈 김치통을 시골로 보내던 날

분홍 보자기를 풀기 위해

절룩거리는 다리를 질질 끌고 오신다

삼만 원어치 빵 사기가 그리도 어렵더냐?

아버지의 노여운 한 마디가 전화선을 타고

울려퍼진 후 아버지는 돌아가셨습니다.

내 눈에 보이는 건 모두 다 눈물 젖은 빵

하늘 속에 바람 속에 둥둥 떠다닙니다

분홍 보자기에 삼만 원어치 빵만 사서 보냈어도

평생을 가슴 치며 후회하지 않았을 텐데

소보로빵, 슈크림빵, 보름달 빵들이

밤하늘을 날아다닙니다

세상에 널려 있는 많고 많은 빵 중

달디 단 빵 하나 건네지 못하고

공갈빵처럼 공갈만 친 이 자식은

밤마다 용서를 빕니다

조심히 가세요, 아버지

만일 당신이 상처 받지 않을 만큼만 사랑한다면
당신이 받은 상처는 결코 치유되지 않을 것입니다.
오직 더 크게 사랑할 때만이 상처는 치유될 것입니다.
– 마더 테레사

*

여자를 업고 가는 남자와 여자를 버리고 가는 남자가 있다.
세상엔 단 두 종류,
더운 가슴과 찬 가슴이 있을 뿐이다.

chapter 14

아름다움의 비밀은 균형

기대의 일부를 내려놓을 거야

늘 사표를 품고 다니던 남편에게 2주짜리 여행을 제안한 친구가
말했다.

"우리도 떠나고 싶은데 남자는 오죽할까."

떠나기 전 남편은 츄리닝 한 벌과, 여행에서 신을 편한 단화 한 켤
레를 샀다고 전해주었다. 남자가 떠났다 돌아오는 것과 여자가 떠났
다 돌아오는 것엔 약간의 차이가 있을 것이다. 그것이 어떤 의미인
지 정확히 알 수는 없다. 하지만 분명 친구의 남편은 색다른 풍경을
사랑하게 될 것이고 돌아온 후 힘을 내 살아갈 것이다.

사람은 머물고 있는 곳에서 벗어날 때 융통성을 발휘한다. 사려

깊고 다정하고 친절해진다. 전혀 다른 사람이 되어 돌아온다. 균형은 어느 한쪽이 기울어질 때 깨진다. 우리의 삶도 마찬가지다. 어느 한쪽이 기울어지지지 않게 중심을 잡아야 한다.

살다 보면 애석하게도 어떤 여지도 남기지 않고 균형이 무너질 때가 있다. 사랑하는 사람과 가족과 형제와 이웃집과 동료와 친구가 공정하지 않은 사소한 것에 휘말려 얼굴을 붉힌 뒤 행복을 놓아버린다. 그것은 우리가 벌이는 최고의 실수다. 우리는 삶을 아름답게 살라는 의미를 부여 받았다. 그것이 아무리 하찮고 사소한 것일지라도 말이다. 그런 의미에서 며칠 전 신문에서 본 기사는 내게 특별하게 다가온다.

평생을 과일 장사로 살아온 노부부가 아들의 모교인 대학에 형편이 어려운 학생을 위해 써달라며 전 재산 400억을 기부하는 내용이었다. 다들 힘들다고 아우성치는 세상에서 노부부의 기부는 울림을 준다. 삶에서 가장 중요한 것을 꼽으라면 사람 사이의 관계, 나눔, 사랑이 아닐까 싶다. 하지만 어찌된 일인지 도덕적 가치는 허물어지고 따뜻한 마음도 사라지고 있다. 삶은 더욱 파편화되고 갈수록 갈등도 깊어진다. 균형이 깨지고 있는 것이다.

친구 남편은 중간에 사진을 보내 왔다. 편한 단화를 신고 여행자 중 한 명이 되어 샌프란시스코 어느 벽에 서서 찍은 사진이었다. 사람들은 자신이 사는 거주지를 벗어나면 한 번도 느껴보지 못한 낯선 감정과 마주한다. 타국의 햇빛 속에서 건물이 솟은 곳에서 솜털 같은 깨달음을 얻는다. 평범한 일상이, 그런대로 굴러가는 인생이 나름 괜찮다고 느끼는 것이다. 움켜쥐려고 발버둥치던 것들이 그리 중요한 것이 아니었음을 알고 돌아온다.

고요히 책 속으로 들어간다. 책과 내가 하나가 된다. 그리고 소리 내어 한 문장을 읽는다. "연필에서 가장 중요한 건 외피를 감싼 나무가 아니라, 그 안에 든 심이라는 거야. 그러니 늘 네 마음속에서 어떤 일이 일어나고 있는지 그 소리에 귀를 기울이렴."
파울로 코엘료의 산문집을 읽고 있다.

균형은 내 인생을 사는 것이다. 남과 비교하지 않는 것이다. 지금이 좋다고 말하는 것이다. 사랑하는 것들을 나중으로 미루지 않는 것이다. 균형은 신경이 너덜너덜해지고 영혼이 탈탈 털리더라도 의연하게 그리고 묵묵히 걸어갈 때 바로 선다.
우리는 모두 그래야 한다.

기도할 때, 때로
'제가 원하는 대로 제발 좀 되게 해주세요.'라는
기도도 필요하지만
'어떤 일이 일어나더라도 제가 다 수용할 수 있도록
제 마음 그릇을 넓혀주세요.'라고 기도하는 것이 좋아요.
보시, 헌금했으니까 내 소원 들어달라고
부처님과 하느님과 제발 흥정하지 마세요.
— 혜민 스님, 『멈추면 비로소 보이는 것들』 중에서

*

사후의 세계를 믿진 않지만 마음속으로 늘 기도는 드린다.
'어떤 일이든지 받아들이겠다.'고.

chapter 15

서점 모퉁이에 쪼그려 앉아

고마워, 사랑해, 잘될 거야

나는 지금 달라져 있다. 예전에 보지 못했던 나를 보고 있다. 책임감이 더 강해진 것 같기도 하다. 살면서 한 번도 내 자신을 돌본 적이 없었다. 그래서 늘 떠나고 싶었지만 이 글을 쓰면서 알게 되었다. 나를 사랑할 사람은 '나'이며 돌보아야 할 사람도 '나'이고 죽을 때까지 계속 그래야 한다고.

지난날을 더듬어보니 어른이라서 어른인 척 흉내 내며 살아왔던 것 같다. 힘들다, 아프다는 소리도 어른이라서 못했다. 상처가 발목을 잡고 늘어질 때 나를 황폐하게 만드는 물귀신 같은 사람들이 있었다. 그들은 내게 속삭였다. 너는 어른이니 참아야 한다고. 어른은 그래야 한다고.

정신과 영혼이 부딪쳐 싸울 때가 있었다. 그때도 어른은 웃음을 보였다. 하지만 이제 내 안에서 다른 소리가 들려옴을 느낀다. 그것은 사색이나 반성이라고 말하기 힘들다. 나를 얽어매는 소리들, 이를 테면 속박이나 구속, 관념이나 책임이 내게 올 때 너는 그 소리에서 멀어져야 한다고 말하는 듯하다. 서점 모퉁이에 쪼그리고 앉아 있는 날들이 많았다. 마음이 늘 아팠다. 그곳을 자주 맴돌았다. 한동안 앉아 있으면 더 선명한 소리가 내게 들려왔다. 이제 어른인 척 그만하라고. 대신 자유로워지라고…….

독서는 내가 누구인지, 무엇을 위해서 사는지 찾아가는 여행이다. 삶이 흔들릴 때마다 힘을 보태며 메마른 영혼에 물을 준다. 그레그 S.레이드는 『10년 후』란 책에서 이렇게 말한다.

"자신의 꿈을 먼저 정하라. 그리고 그 꿈을 날짜와 함께 적어놓으면 그것은 목표가 되고, 그 목표를 잘게 나누면 계획이 되고, 그 계획을 날마다 조금씩 실행하면 그 꿈은 현실이 된다."

서점 모퉁이에 앉아 책을 읽으면 마음이 아픈 날도 위로가 되었다. 큰 위로가 되었다. 물과 바람과 햇빛을 마음에 넣어주고 싶었다. 링거를 맞은 나무가 다시 바람에 흔들리도록 돕고 싶었다. 누가 하

라고 시킨 것도 아니다. 나는 내 마음에 분갈이를 한다. 뿌리를 내리고 잎사귀를 피고 커다란 나무가 되어 다시 흔들리도록 말이다.

결혼은 두 사람이 퍼즐을 맞추는 과정이다. 어떻게 해야 한다는 낡은 관념을 벗어버리고 다채로운 퍼즐이 어우러질 때 작품은 만들어진다. 그래서 혼자 여행 한다는 것은 내가 나에게 부여하는 자유로운 의식 중 하나다. 우리를 가로막는 것은 우리 안에 있는 두려움이 아닐까 하고 생각해 본다.

어른인 척 흉내 내는 어설픔도 사실은 두려움이다. 두려움은 깊은 영혼과 만날 수 없게 한다. 당연시한 것들을 걷어내고 미소로써 화답할 때 영혼은 우리 곁으로 발걸음을 옮긴다. 언젠가 내 마당에 후박나무 두 그루를 심을 것이다. 나무에 꽃이 피면 작은 벤치를 들여올까 생각한다. 뜨거운 차를 내올 것이다. 내가 좋아하는 카푸치노와 남편이 좋아하는 홍차를 찻주전자에 담아 에이스 크래커를 하얀 거품에 찍어먹을 것이다.

벤치 아래 분홍 침대보를 깔고 후박나무에 기대어 글을 쓸 생각이다. 발칙한 상상만으로도 가슴은 드넓어진다. 후박나무 향기는 내 마당에서 온종일 퍼져나갈 것이다.

책이 내게 건넨 위로 한 줄

혼자만의 조용한 시간은 사람을 성장시킨다.
물론 사람들과 즐겁게 어울리면서도
인간성을 갈고 닦을 수 있겠지만
혼자 조용히 자신과 마주서는 시간이 자아 형성에는 필요하다.
음악을 들으면서 혼자 멍하니 있는 시간도 즐거운 법이다.
– 사이토 다카시, 『독서력』 중에서

*

독서는 홀로 된 영혼과 조우하게 한다.
고요해지면 들을 수 있다. 안에서 들려오는 나만의 소리를.

위로는 서로를 견디게 한다

고3 수험생인 아이를 뒷바라지하면서 그 아이와 함께 간다는 마음으로 1년을 꼬박 보냈다. 아침이면 입맛이 까슬거린다는 아이는 급기야 체중이 5kg이나 빠지더니 밥을 먹지 못했다. 그런 아이를 위해 아침마다 단호박죽을 쑤었다.

새벽 6시, 누군가는 잠들어 있거나 누군가는 수레를 끌거나 누군가는 열차에 몸을 맡길 시간이다. "잘될 거야. 너무 힘들어 하지 마."라고 아이를 위로하면 "엄마도 잘될 거예요. 너무 걱정 마세요."라며 위로가 되돌아왔다. 지난 1년을 더듬어 보니 아이를 위해 건넨 위로보다 아이로부터 받은 위로의 말들이 더 많았다.

"힘 내요."
"너무 걱정 말아요."

"정말 잘 될 거예요."

"절대로 포기 말아요."

어쩌면 우리는 서로가 서로에게 건네는 위로의 말 한마디를 통해 생의 힘든 바다를 건너가는 게 아닐까. 입맛을 잃어버린 십대도, 흔들리는 20대도, 상처 가득한 30대도, 불안한 40대도, 가정 안에서 멘붕을 겪는 50대도 말이다. 60대, 70대, 80대는 더 각별한 위로의 말을 통해 그들의 삶을 응원하고 보듬어야 하지 않을까 생각한다. 정말 생각해 보니 상처 받지 않은 연령대가 없다. 모두 다 제각각 다른 이유로 상처를 견디며 살아내는 중이다. 불안하고 척박한 시대를 건널 수 있는 힘은 서로가 서로에게 건네는 따뜻한 위로일 것이다. 그것 외엔 뭐가 필요할까.

2년여 동안 원고를 붙들고 살았다. 올해가 가기 전에 좋은 출판사와 인연을 맺게 해달라고 기도했던 날들이 많았다. 비록 독자가 한 명일지라도 2년간 불태운 열정을 생각하면 꼭 이루어 내고 싶었다. 하지만 정말로 독자를 얻을 수 없다면 이 원고를 모두 불태우리라 생각하던 중 한 출판사로부터 메일과 전화를 받았다.

"마음이 따뜻해지는 좋은 글을 저희 출판사에 보내주셔서 감사드립니다."

지난했던 2년이 결코 헛된 시간이 아니었다. 순간 눈물이 핑 돈 나는 가장 먼저 나를 위로했다.

"거봐, 포기하지 않으니 이런 날이 오잖아."

겨울의 초입에 바스락거리는 낙엽을 밟는다. 겨울은 늘 추웠다. 단단하게 여미고 온몸을 감싸도 한 움큼씩 들어오는 찬바람에 등이 시렸다. 시린 계절을 또 그렇게 건너야 할 것이다.

주말이면 노트북을 들고 도서관으로 사라져버린 엄마를 단 한 번도 탓하지 않고 웃어주던 소중한 내 아들에게 사랑을 전한다. 내가 건네는 위로보다 나를 더 위로해주던 수험생 딸아이에게 애정을 전한다. 하나뿐인 남편에게 마음을 전한다. 내 원고를 좋은 책으로 만들어주기 위해 애써 주신 출판사 분들께 감사를 전한다. 마지막으로 미진한 저의 글을 끝까지 읽어주신 독자 분들께 감사함을 전한다.

이 책의 어느 한 페이지에서라도 희망을 얻어 다시 도전해볼 수 있는 용기가 생겼다면 나는 손바닥에 땀이 나도록 응원할 것이다.

그것은 행복한 엄마가 되기 위한 여정의 출발이자, 꿈에 다가가기 위한 동기부여로 내게 그것보다 의미 있고 소중한 일은 없을 테니 말이다.

엄마의 독서는 자신뿐 아니라 척박한 세상을 건너는 아이들에게 등불이 되어준다. 같이 모여 책을 읽고 이야기를 나누며 소통하는 사회, 서로 응원하고 지지하며 성장하는 사회가 될 수 있도록 나 역시 힘을 보탤 것이다. 독서가 그런 가정과 사회를 만드는 데 작은 밑거름이 될 수 있기를 기대해본다.

2018년 11월

정 명